A CULPA
É DO LOU
REED

Jotabê Medeiros

A CULPA É DO LOU REED

Copyright © 2024 Jotabê Medeiros
A culpa é do Lou Reed © Editora Reformatório

Editor:
Marcelo Nocelli

Revisão:
Natália Souza
Marcelo Nocelli

Design, editoração eletrônica e capa:
Karina Tenório

Imagem de capa:
Cartaz da série de concertos "Human Rights Now!", 1988, Coleção de Cartazes da Anistia Internacional — COLL00146.57, IISH (Amsterdã), Instituto Internacional de História Social, Amsterdã, VC Anistia Internacional.

Dados Internacionais de Catalogação na Publicação (CIP)
Bibliotecária Juliana Farias Motta CRB7/5880

Medeiros, Jotabê, 1962-
A culpa é do Lou Reed / Jotabê Medeiros. — São Paulo: Reformatório, 2024.
212 p.: il.; 14x21 cm.

ISBN: 978-85-66887-87-7

1. Romance brasileiro. I. Título.
M488c   CDD B869.3

Índice para catálogo sistemático:
1. Romance brasileiro

Todos os direitos desta edição reservados à:

EDITORA REFORMATÓRIO
www.reformatorio.com.br

SUMÁRIO

- 9, WALKMAN NA CATEDRAL
- 39, NO RASTRO DAS DEVOTCHKAS
- 71, UM PEQUENO NACO DE PROSPERIDADE
- 83, TÁ PENSANDO QUE NÓS SOMOS OS STONES?
- 125, OBJETOS NO ESPELHO ESTÃO MAIS PRÓXIMOS DO QUE PARECEM
- 151, O OUTONO DO RAJNEESH
- 165, GET UP, STAND UP
- 183, DUAS DOSES DE VERMOUTH SEM GELO
- 199, TRÊS ATRÁS NÃO PODE

Por algum tempo, a crítica acompanha a Obra, depois a
crítica se desvanece e são os leitores que a acompanham.
A viagem pode ser comprida ou curta. Depois os
leitores morrem um a um, e a Obra segue sozinha,
muito embora outra Crítica e outros Leitores pouco
a pouco se ajustem à sua singradura. Depois a Crítica
morre outra vez, os leitores morrem outra vez e, sobre
esse rastro de ossos, a Obra segue sua viagem rumo à

solidão.

Roberto Bolaño,
(na epígrafe de *A mais recôndita memória dos
homens*, em *Os Detetives Selvagens*)

Este livro é uma obra de ficção, uma farsa histórica. Suas situações ou foram inventadas, recondicionadas ou sonhadas. É um livro de inverossimilhanças e também um produto da mais inoportuna imaginação.

WALKMAN NA CATEDRAL

No fritar do início da tarde do dia 12 de outubro de 1988, quando as buzinas dos coletivos e o trinado dos freios vencidos das lotações nas imediações da Praça da República e em frente aos bancos da Biblioteca Mário de Andrade já começavam a ficar insuportáveis, A. Copland calçou seu estimado par de Le Coq Marathon e pôs-se a formular na cabeça o seu roteiro cotidiano como explorador das terras do centrão bandeirante. Adorava evocar entre amigos a informação enciclopédica de que bem ali, na vizinha Praça da Sé, jazem lado a lado, dentro de ogivas, os restos mortais do padre voador Bartolomeu de Gusmão e os ossos do cacique Tibiriçá, o catequizador e o catequizado. Como fazia quase todos os dias, escovou os dentes na pia onde também lavava os pratos e dissolvia pontas de baseados, e que tinha colado no espelho à frente dos olhos um adesivo com um dos mais famosos palíndromos populares em letra gótica, "Socorram-me, subi no ônibus em Marrocos", além de um ticket do lendário show do Echo & the Bunnymen no Ginásio do Ibirapuera em 1986.

Desceu então da sua quitinete no Edifício Copan e já ia engatar a terceira nas pernas quando deteve o esqueleto ao ouvir a voz cheia de chiados do seu mais famoso vizinho, Plínio Marcos, o andarilho dramaturgo e diretor de teatro, citando sua favorita Madame Blavatsky no balcão do Café Floresta:

— A última de todas as eternidades encontrará na primeira a sua alma gêmea!, bradou o velho Plínio, observado com a indiferença de praxe dos donos do café e algum sarcasmo de cinco clientes habituais do estabelecimento.

A. Copland sorriu sentindo uma espécie de conforto de camaradagem e cumprimentou do corredor o velho encenador santista, seu vizinho no Bloco F, que vestia um macacão azul de operário de filme, com os primeiros botões abertos, metade dos pelos do peito à mostra, os cabelos desgrenhados, barba mezzo grisalha, meio preta, uma chinela de couro cru nos pés e a mão direita segurando contra o peito um pequeno bastão de metal encimado por uma cruz. Plínio Marcos respondeu com um olhar de mútua cumplicidade, e só então, depois dessa espécie de bênção sagrada fortuita, Copland ganhou as ruas, tendo em mente sempre que os sebos da Praça da República e da Sé seriam seu primeiro paradeiro. Ao virar na esquina da 7 de Abril, deu de cara com a Dedé cantando em cima de um caixote de maçãs. Ela estava um pouco fora do seu raio de ação naquele dia. Sua área não era essa. Quem for ao Largo do Café, verdadeiro palco da Dedé, não tem como não se deter ao menos um instante na frente dessa figura esvoaçante. Cabelos oxigenados curtíssimos, penhoar rosa, uma estola de plumas rosa em volta do pescoço, Eurípedes, como ela diz que se chama, usa um microfone sem amplificação, falso, para cantar, e consta que se apresenta desde os anos 1970 na frente dos bares e cafés da rua Direita, praça Ramos de Azevedo, região da Bovespa e adjacências.

Ela apregoa que teria sido a primeira cantora de rua da cidade, e não é difícil que seja verdade, ao menos para as cantoras de rua brancas com uma caixa de sapatos Bamba a recolher moedas a seus pés. Muitas pretas devem ter cantado de graça por ali já antes. Ela repete com frequência uma apresentação-padrão:

— Sou Eurípedes, codinome Dedé. Desde 1976, canto e choro pelas ruas de São Paulo! Amo os boleros e os cantores de quinta categoria!

Subindo a lateral do Teatro Municipal, esfregando seus pisantes Le Coq Marathon um pé no outro como se quisesse fazer fogo num acampamento no mato, subitamente pareceu a Copland ter visto o *tycoon* Antônio Ermírio de Moraes na calçada, conversando com um ambulante, mas achou melhor não chamar a atenção de ninguém para isso. Era pouco provável que os circunstantes soubessem quem era o Ermírio, e ainda mais que se interessassem por esse deslocamento de temática e de protagonismo nesse momento, mal tendo nascido a nossa história.

Pouco se pode dizer da ascendência de nosso herói. Tinha sobrenome italiano, Malavoglia, mas para assinar seus textos em jornais e revistas e fazer palestra em cursinho preferia usar esse codinome de judeu do Brooklyn: A. Copland. Pois bem, Copland ganhava a vida escrevendo sobre rock para diários e semanários. Ele não era o mais perspicaz nem o mais bonito entre os críticos de rock e pop do seu tempo. Clemenceau é que era. Vincent Clemenceau era francês, filho de um gerente da rede de hotéis Mediterranée que fora transferido para Maceió e trouxera a família a reboque — entre os 15 e os 25 anos, vivera na praia. No Nordeste brasileiro. Sem fazer nada, só ouvindo discos e lendo edições da *Métal Hurlant* que lhe chegavam na mala direta da rede de hotéis. Francamente loiro, perenemente queimado de sol e sarado, tinha um sotaque de *reality show* de gastronomia e namorava uma modelo nigeriana que parecia a Naomi Campbell na capa da *Vogue* francesa daquele ano, a primeira mulher negra a conseguir tal façanha — algo que só tinha acontecido porque Yves Saint Laurent tinha ameaçado tirar toda a publicidade de sua marca da revista se não aceitassem sua modelo negra na capa. Aqui nos trópicos, Clemenceau estava à frente do preconceito há muito tempo e esse era um dos motivos pelos quais, onde ele chegava, tinha sempre burburinho. Era considerado excêntrico além da conta para as unanimidades paulistanas, mesmo as silenciosas. Andava ouvindo com frequência umas coisas esquisitas para a época, coisas tipo um conjunto da Cortina de Ferro chamado Le Mystère des Voix Bulgares, vocalizações femininas de influência bizantina ou otomana.

Mas A. Copland é que é o nosso herói e convém assinalar que também tinha seus trunfos. Tinha lido Rimbaud de fato, e reza a lenda que lera até mesmo Joyce. Datilografava com mais rapidez que os colegas, seu português era muito bom e compreendia os rituais do fechamento de revistas e jornais como uma contingência da profissão, o que o tornava o mais eficiente de todos. Por morar no Edifício Copan, muitas vezes brincavam com ele e o chamavam de Copanland.

O ofício que Copland exercia, o da crítica amadora de rock, era de uma fragilidade absoluta, mas ao mesmo tempo tinha se convertido numa espécie de barricada de bárbaros no coração da objetividade e do seco jornalismo estatístico que se insinuava no nosso tempo. Ajudava a nivelar as incompatibilidades e as brutezas da formação incompleta das redações e até mesmo dos seus artífices, formando um enclave misterioso do qual os patrões ainda não tinham o domínio absoluto. Por impor uma mínima agenda cultural em meio ao deserto de mandacarus financeiros e areias políticas escaldantes, era até bem-vindo aquele séquito esquisito de articulistas de música mijando por aí com as portas dos banheiros abertas e publicando insanidades arrogantes nos diários da infância do pop.

Copland não nutria os mesmos sentimentos da maioria dos seus colegas, os quais, ele pensava, repartiam um espírito niilista de boutique, de procissão de *fin de siècle* passeando orgulhosa pelos bares e pelos nightclubs da metrópole. Ele sentia outra coisa, um tipo de contentamento contínuo, altivo. Sentia como se algo estivesse em gestação naquele exato instante em algum lugar, algo do qual fazia parte, e que vivia justamente no momento do nascimento de alguma dádiva, de uma súbita virada renascentista da civilização. Mas também sabia que era ruim externar muito isso, esse quase orgulho, que isso não pegaria bem entre seus pares do pessimismo galopante, então ficava calado a maior parte do tempo.

Não raro, era preciso escrever alguma coisa encomendada por e para algum tipo de interesse, e isso trazia um desequilíbrio na outra ponta da balança do ecossistema musical. Mas era um preço razoável a ser pago porque, no final das contas, tudo na vida tinha seu preço, e ele nem sempre podia ser considerado pagável. Em resumo, é preciso sempre analisar: aquilo que fazemos para garantir o mais básico ganha-pão pode ser considerado imoral mais adiante? As questões morais não se destinam exclusivamente a julgar aqueles que trabalham na expectativa do excedente, do lucro e da acumulação?

Perdido nessa nuvem de reflexões sufocada pela fuligem da consciência, Copland prosseguiu sua imparável saga semanal de explorador do território no centrão quando, imbuído daquele instinto de autopreservação dos duros congênitos, remexeu nos bolsos e constatou que seu maço de cigarros tava murcho. Resolveu fazer uma parada por um instante na banca de importados da Avenida São Luiz para comprar um novo maço de Gauloises, que fumava por solidariedade ao clochard francês Serge Gainsbourg. Era um cigarro difícil de achar e matava mais facilmente, porque não tinha filtro. Na fila para pagar, havia um velho de sotaque esquisito segurando uma bola de plástico gigante, inflada, atrapalhado com as cédulas de cruzados, e Copland não pode se evadir de um pensamento impaciente: "Por que são sempre os velhos que nos atrasam tanto? Ainda bem que no rock não tem velho. Quer dizer: tem Charlie, Keith e Mick. Charlie mesmo já completou 46 anos este mês. Que bosta. Um cara de 46 anos ainda tocando numa banda de rock? Onde Charlie pensa que vai com isso? Já devia ter parado!", pensou, contrariado consigo mesmo.

O velho que remexia os bolsos na frente da fila não era um velho daqueles comuns, que só atrapalham. Era o maestro Hans Joachim Koellreutter, um cara cujas ideias Copland não sacava lhufas, mas que respeitava como algo que não tangenciava, que estava além de sua compreensão — assim como as sobrancelhas do regente que pareciam cascatas moldando o olhar irônico. Copland amava a história do velho alemão, de quem se dizia que fora denunciado à Gestapo pela própria família, e muito mais as frases que o velho músico espalhava pelo mundo, embora não tivesse a mínima ideia do que queriam dizer, especialmente aquela na qual ele falava da "estética relativista do impreciso e do paradoxal". Parecia uma música do *Cabeça Dinossauro*. O maestro finalmente decifrou as notas de dinheiro, pagou o atendente e iniciou a lenta subida da Avenida São Luiz em direção ao seu apartamento, carregando a curiosa bola gigante nos braços. Era uma bola transparente como aquelas que se dão de prêmio nos estandes de tiro dos parques de diversões, mas que, depois que a ganhamos, temos de ir embora do parque porque se torna impossível levá-la na Montanha Russa, por exemplo. A bola dele era cheia de notas musicais anotadas à caneta na superfície, uma partitura-bola. Parecia um treinador de futebol desses que usam prancheta na beira do gramado, ia ele levando aquela bola e um pacote de biscoitos de chocolate belga na outra mão.

Copland não esperou o troco. Um impulso inexplicável o impeliu a correr pela calçada atrás do maestro que se ia com sua partitura-bola. Emparelhou com o alemão e puxou conversa:

— Se a bola é para ser lida num concerto como uma partitura, precisa iluminar por dentro, não?

O maestro o olhou de soslaio e sorriu com as maçãs do rosto, sem concordar nem discordar, mas demonstrando apreciar a provocação. Contudo, não respondeu.

— Senhor Koellreutter, muito prazer. Eu sou Copland, sou crítico de música, escrevo sobre rock...

— Rock? Pena... Rock é a presentificação de tudo. Os músicos de rock de hoje estão sendo treinados para um tipo de música que já passou para a História.

— Mas o rock é a música de hoje, é o que os jovens mais ouvem, é a comunicação direta. O que o senhor vê de errado nela?

— Bom, em primeiro lugar, o rock faz com que os jovens vivam uma expectativa de êxito. Quando, na verdade, o artista tem que fracassar para aprender. As falhas são indispensáveis para encontrar caminhos e relacionamentos.

— No que o senhor está trabalhando nesse momento? Música dedo... dedo... Dedocafônica?

— DODEcafônica, corrigiu o maestro. Dedocafônico é apenas um dedo brega. Mas estou ocupado agora escrevendo uma sinfonia para pinball, respondeu o regente, mudando a bola e as sacolas de compras de um braço para outro.

— Pinball? O senhor quer dizer máquinas de jogos? Fliperama?

— Sim, isso mesmo.

— Mas o que há de desafiador naquele som repetitivo?

— Primeiro, não há melodismo. Não há tema, tonalidade, motivos ou frases. São figuras, são constelações, são feitos de gestalts.

O silêncio de Copland que veio a seguir foi pesado. "Sem melodismo?", repetiu. "Sem melodismo algum?". O maestro apenas sorriu com as sobrancelhas. Que tipo de professor de música anda pelo centro de uma cidade que vive uma revolução musical procurando a ausência de melodia com uma bola de plástico nas mãos? A melodia não é então a identidade da música? Copland estava quase desistindo de falar qualquer outra coisa. A voz foi sumindo junto com a lembrança das convicções. Até no aspecto físico parecia que ele sonhava em desaparecer. Na avenida, dois motoristas histéricos, brigando provavelmente apenas para chegar primeiro à Rua da Consolação, se estranharam e meteram as mãos nas buzinas, além de ligarem as máquinas de insultos. A barulheira cobriu uma parte do que o regente dissera enquanto pulava um buraco na calçada, mas Copland ouviu todo o resto a partir dali: "Chegará o dia em que a música recreativa vai abranger todas as formas e vai preencher as mesmas funções que a música dos mestres clássicos ocupavam nas sociedades antigas", disse o maestro. "Todo preconceito é destituído de base racional ou factual".

Quando deu por si, Copland já tinha andado tanto nessa conversa que estava na frente do edifício onde vivia Koellreutter, uma quadra adiante, e o velho o olhava por baixo da cascata de grossas sobrancelhas enquanto girava a chave na porta de vidro da recepção, como se esperasse que Copland sumisse magicamente. Sentiu um pouco de raiva do velhote, sua absoluta autoconfiança era irritante e as ideias meio vaporosas — afinal, bradava contra os preconceitos e destilava preconceitos com aquela cara de Todo Poderoso? Nada parecia fazer muito sentido, e mesmo que parecesse, que tipo de capacidade de convocação aquilo teria? Essa expectativa de um tipo de ativação social das coisas, fossem elas manufaturadas ou não, era o centro de toda a ética de trabalho que A. Copland tinha estabelecido para sua vida.

No dia anterior, com mais autoconfiança e verve, Copland tinha passado justamente por aquela mesma calçada, mas sem tanta impaciência. Lembrou que cruzara assoviando a mesma avenida Ipiranga, só que na direção oposta, para o outro lado da rua, rumo ao estrelado Hilton Hotel, para assistir à coletiva de imprensa das estrelas do inesperado concerto da Anistia Internacional que tinha baixado em São Paulo, o *Human Rights Now!*, previsto para aquela noite mesmo no Estádio do Palmeiras. Estiveram lá, a uns 300 metros do apartamento do excêntrico maestro Koellreuter, na mesa da conferência de imprensa, os astros do gênero que o regente considerava o mais redundante no espectro da música contemporânea atual: Sting, Bruce Springsteen, Peter Gabriel e a jovenzinha tímida Tracy Chapman, de Cleveland, prodígio-relâmpago de uma nova soul music. Nunca se vira tanto artista do rock internacional no auge num só concerto e numa única jornada nos trópicos. Para quem escrevia justamente sobre este cenário, equivalia a um crítico gastronômico chegar em sua casa e descobrir que Paul Bocuse abrira um restaurante Auberge du Pont Collonges bem ali na esquina de sua vizinhança.

Copland não tinha ingresso para o show nem tinha sido convidado para a cobertura, e salivava apenas com a mera possibilidade de poder ver Bruce Springsteen — mesmo que fosse de penetra numa coletiva de imprensa. Seu amigo Clemenceau é que tinha dado um toque pra ele do lance da entrevista, a que também não tinha sido convidado. Para ele, parecia impensável que The Boss estivesse aqui no Brasil, parecia um delírio. E tão acessível. O ingresso mais caro para a apresentação daquele show da Anistia equivalia a 30 dólares, e Bruce não iria nem até a cortina da janela de sua casa em New Jersey por 30 dólares. Mas a jornada ainda tinha, de quebra, Peter Gabriel e Sting. Tudo isso custara apenas 400 mil dólares para o promotor brasileiro, porque o negócio era na verdade bancado majoritariamente pela gringolândia. Nenhum futuro teria imaginado um show com aquele line-up nessa rota fora de rota, e isso estava deixando pirados os amantes da música neste lado dos trópicos.

Os astros tinham vindo ao Brasil desde a Costa do Marfim, após um show poucas horas antes daquela terça-feira em Harare, no Zimbábue, no Estádio Nacional. Desembarcaram longe, em Viracopos, Campinas, e por isso a coletiva de imprensa não estava lá muito animada, os semideuses do rock pareciam ainda meio cansados e sonados. Somente um deles destoava. Mesmo com olheiras, o Apolo do rock, mr. Gordon Matthew Thomas Sumner, o Sting, parecia vibrar com uma energia inesperada e detinha um surpreendente conhecimento de uma guerra subterrânea que se travava no alto do Brasil, uma guerra de séculos, entre os povos originários e os brancos.

O Hilton, glamuroso em sua sobriedade elegante, parecia neutralizar tudo com seu domínio blasé na paisagem. Os jardins de Burle Marx no 10º andar, a lendária discoteca The London Tavern embutida e aquela abusada piscina na proa, uma piscina desenhada por Oscar Niemeyer, como se o arquiteto carioca tivesse a intenção de criar um espelho caprichoso para refletir sua obra mais simbólica em São Paulo, o Edifício Copan, bem ali na frente. O hotel já tinha intimidade com astros do cinema e da música, sabia tratá-los com fingida indiferença. Mas dessa vez havia algo de extraordinário, a cidade nunca tinha recebido tantas estrelas de uma só vez, todos os cerca de 170 integrantes da comitiva do show da Anistia Internacional hospedavam-se no Hilton, a suíte Panorama Top Class foi disputada a tapa. Também por ali, refestelado no lobby, um agitado Milton Nascimento aproveitava o burburinho da imprensa para anunciar que o guitarrista Pat Metheny iria fazer uma participação especial no seu show.

"Não quero viver num mundo em que uma metade passa fome e a outra metade está gorda e rica", disse Sting, exagerando no conceito de "metade" gorda e rica e subestimando a famélica e duranga. Em suas intervenções, Bruce Springsteen tinha sido mais econômico e cartesiano. Embora soubesse perfeitamente das consequências da política externa norte-americana, reafirmava seu simbolismo "Born in the USA" com uma fidelidade canina. Bruce não tinha o apelido The Boss à toa — ele tinha o empreendedorismo no sangue, o vírus do desejo de controlar o destino dos outros.

Sting falou de coisas das quais ninguém na sala de imprensa parecia ter a mínima ideia. A imprensa musical, é inevitável dizer, sempre teve bem pouca familiaridade com o que acontece no Brasil real. O cantor pediu publicamente o fim do constrangimento ilegal a dois caciques indígenas do Brasil, Paulinho Paiakan e Kubei Kaiapó, e da perseguição ao etnobiólogo norte-americano Darrel Posey, que trabalhava no Museu Goeldi do Pará. Os três tinham ido a Miami para um simpósio sobre manejo apropriado das florestas tropicais e agora estavam sendo perseguidos pelo governo brasileiro sob a acusação de atrapalharem as relações econômicas do Brasil com os Estados Unidos. Convém lembrar que o bafo quente da ditadura militar ainda embaçava os retrovisores da vida pública brasileira.

Ninguém na sala de conferências demonstrava interesse para o que Sting expressava preocupação, e ninguém também ignorava que, insistindo nessas "excentricidades", o rapaz cavava uma cova para si mesmo no basalto rijo da opinião pública — o mundo em que vivemos está ferozmente preparado para dar a esses altruístas um ciclo de constrangimentos sem fundo, salpicado de piadas e indiferenças que conduza o platinado astro inglês de olhar arguto a ficar envergonhado de sua diligência pela floresta e por seus habitantes originais.

Mas aquilo poderia ter outro efeito também. Os textos publicados a ferro quente e as falas proferidas por ocasião daquela meteórica passagem dos superstars pelo Brasil certamente causariam alguma reação, diferentes tipos de reflexos e ondas de inconformismo. O pequeno contingente de críticos das províncias do rock de São

Paulo e Rio de Janeiro mostrava-se um tanto quanto excitado e inquieto ao mesmo tempo por conta do braseiro de novas informações. Havia uma tensão no ar. Não apenas porque se aproximava a singular noite das apresentações no estádio do Palmeiras, mas também porque, devido a uma sequência de eventos dos meses anteriores, tinha se firmado uma posição de quase unanimidade, no imberbe ambiente crítico nacional, segundo a qual qualquer banda da gringolândia seria inevitavelmente melhor do que a melhor banda nacional.

Essa constatação de algo que já estava em curso levou os mais ativos críticos pop a marcarem uma espécie de assembleia para discutir a questão. Seria nessa mesma tarde, na zona franca da loja Baratos Afins, na Galeria do Rock. Embora a maioria desses articulistas não soubesse exatamente do que se tratava seu ofício, alguns pela primeira vez desconfiavam vagamente de que ninguém nem nada é exatamente inócuo no mundo, tudo está a serviço de alguma coisa ou de algo, e pela primeira vez pareciam incomodados com seu papel.

Quando ia saindo da coletiva, seu amigo Clemenceau fez um sinal misterioso para que se dirigisse até a mesa de café. O francês lhe presentearia com o segundo milagre daquela semana — o primeiro tinha sido a informação sobre a coletiva de imprensa. Clemenceau parecia pesaroso ao explicar o que estava fazendo. Era um cara gozado, o francês, tudo parecia que acontecia com ele de forma muito natural e desglamurizada. Clemenceau tirou do bolso um par de ingressos VIP que tinha ganhado para ver a cobiçada *Human Rights Now Tour!*, o "show do século", e colocou na mão de Copland. Ele parecia não acreditar naquilo que estava lhe acontecendo.

— Cara, não vai rolar de eu ir e vou te dar essa porque acredito que você merece mais, disse Clemenceau, servindo-se de um café de garrafa térmica na mesa do breakfast.

Ao menos até umas 23 horas, explicou, tinha um compromisso incontornável. Tinha sido convocado para depor no Tribunal como uma das 14 testemunhas de defesa do frontman da banda Titãs, Arnaldo Antunes Mora Filho, que tinha sido preso em seu apartamento, perto do Parque Trianon, por porte de heroína e acusado de ter fornecido 30 gramas de heroína ao seu guitarrista, Tony Bellotto, três anos antes. Era com pesar que repassava os ingressos, mas ao menos, disse, seriam usados por alguém que sabia o que queria daquele show. Só pediu uma coisa em troca: que Copland levasse um envelope com um documento, uma autorização assinada para a liberação de alguma coisa, às Oficinas Culturais Três Rios, e a entregasse para um cara que estava se apresentando lá, um músico chamado Marco Antonio Guimarães. Copland, evidentemente, topou a parada no ato.

— Mas não preciso de dois ingressos, cara. Um só já dá conta, eu sou sozinho.

— Coppie, vende. Passe adiante, chama alguém pra ir com você. Não seja trouxa. Tem gente pagando até 200 dólares num ingresso desses hoje. Aí você já financia o seu jantar.

"Não sei não", pensou Copland. Pega mal pacas pra reputação de um jornalista de música vender ingresso de cortesia nas imediações de um estádio. Mas, no final das contas, conformou-se, podia até guardar o ingresso como souvenir, um dia poderia até colocar na porta da geladeira sem constrangimento.

No dia que se seguiu à lendária coletiva de imprensa, Copland, ao passar novamente pelo Hilton, olhou de soslaio em todas as direções para ver se sobrara algum rock star comendo um churrasco grego ali pelas imediações, mas logo viu que era besteira tal expectativa e retomou a caminhada pelo centro, descendo a Consolação. A Marginal do Tietê e o Tamanduateí, mais uma vez alagados pela chuva dos dias anteriores, ricochetearam no trânsito da cidade toda, e numa barulheira infernal naquela tarde. Mas, para quem caminha por São Paulo com música dentro da cabeça, o barulhão soa apenas como o som do balcão de um bar cheio de bêbados pedindo bebidas ao mesmo tempo para o único barman.

Ao atravessar a Praça Ramos, nosso herói viu uma pequena multidão aglomerada na frente das tevês da vitrine do Mappin, e parou para sapear também o que rolava. Estavam falando da mulher do empresário que tinha sido sequestrada, as imagens eram uma encenaçãozinha do resgate feita pelo canal de TV. Toda vez que os planos econômicos sucessivos falhavam, a liquidez mais procurada pela bandidagem era o sequestro. A mulher tinha sido encontrada num cubículo numa favela do Rio Pequeno, alguém ligou para os cana e deu o serviço. O carro da polícia, seguido pelo da TV, passava por bares feitos de madeira compensada e restos de caixotes e, conforme avançava, mais feia a coisa ficava.

E não era só o cenário que piorava. As pessoas pareciam terríveis na tela, ficavam desconfiadas e arredias e seus vultos iam sumindo conforme a câmera avançava. Mas se você vive num bairro em que a R.O.T.A. faz batidas diariamente, você sabe que essas pessoas têm razão em sua busca desesperada pela invisibilidade. Raramente alguém que tomasse um enquadro no meio da madrugada num beco desses seria novamente visto no futuro. A procissão silenciosa da viatura para "soltar" a mulher sequestrada parecia filme da nouvelle vague, esteticamente oposta àquelas cenas dos massacres nas lanchonetes e drugstores americanas, quando a gente vê pela TV dezenas de pessoas obesas e desajeitadas correndo, aquele tipo de rebelião gelatinosa, com o seu pânico mole e os agasalhos de moleton violentados pelos pneus da barriga. "Não, Museu do Disco não", ele disse secamente a si mesmo quando já colocava o primeiro pé no degrau da gigantesca loja na rua Dom José de Barros. E por que não?, perguntaria alguém mais desavisado. Copland com presteza respondia entredentes à pergunta que ninguém fez:

— Não tem preço pra mim. Tudo exorbitante. É tudo blasé demais nessas lojas tipo Museu do Disco, Bruno Blois, Hi Fi, Breno Rossi. Eu gosto mesmo é do Calanca. Mas você só entra para olhar mesmo, pensou ele, zombando de seu próprio zelo inútil nessa tarde caótica. A possibilidade de querer comprar e não poder o assustava assim mesmo.

Cercado de camelôs no Largo do Paissandu, marreteiros e vendedores de ervas, de folha de babosa e boldo, de barbeadores a pilha, além de músicos peruanos tocando música andina em alto volume, Copland sentia-se vibrar em duas rotações: a primeira em direção ao futuro frenético, a segunda, amarrado ao passado do elevador com porta pantográfica, enrolado em galhos espinhosos de ora-pro-nóbis. Dois dias antes, lembrou, tinha ido almoçar por ali, no Almanara da rua Basílio da Gama, na Praça da República, um restaurante frugal árabe dos anos 1950 resistindo ali no centrão. Foi a convite de um figurão da *VEJA*. O cara usava terno com camiseta, relógio dourado, comia só as pontas da esfiha e contou que buscava um articulista para a área de música jovem da revistona, daí as entrevistas com alguns postulantes. Habilidoso em suas pausas, ele conseguiu fazer com que Copland falasse entusiasticamente de seu conceito, seus planos, suas ideias para a atividade. Aí então, depois de algum papo e esfihas, o cara foi seco ao encerrar a conversa, mudando o jeito de falar, sonegando o sorriso:

— Vejo que você tem planos. Gosto do seu texto, acho moderno, envolvente. Entretanto, devo adverti-lo de uma coisa: a *VEJA* é quem dá a última palavra. Sempre.

Sujeitinho espaçoso aquele. Copland pensava enquanto seguia seu caminho com o pé queimando por conta de um calo antigo. Esse universo dos veículos de imprensa, para a crítica musical, afinal de contas, não era exatamente um paraíso. Três ou quatro editores, cheios de idiossincrasias e apegados a alguma idolatria passadista, mandavam em tudo que se publicava. E alguns tinham aquela pretensão do rapaz de *VEJA*: dar a última palavra em tudo. Em suma: essa pequena tirania da imprensa implicava no seguinte: caso algo estivesse ameaçadoramente lhes parecendo que ia fugir do controle, eles baniriam de suas páginas os indesejados. E aquilo era como uma sentença de morte. A sensação que sempre conseguiriam manter a realidade sobre controle, que aquilo que não queriam que acontecesse não aconteceria, ou fariam parecer que não tinha acontecido, ou que nunca nem sequer chegou a começar a acontecer. Conseguiam que essa impressão fosse dominante. Se não publicamos algo, isso não existe, diziam clara e implicitamente, e essa estratégia sempre funcionou.

Mas o oposto desse sequestro da realidade, pensou o crítico em movimento, era sempre o caminho corporativo, sindical, e só de pensar nisso Copland tinha arrepios. Aquele linguajar de clichês era a morte da imaginação, preferia mil vezes as idiossincrasias, as manias e os retratos acadêmicos nas paredes dos quatrocentões falidos do que uma assembleia de lugares-comuns. Ele preferia a condição movediça de freelance, ou então era essa condição que o preferia, não sabia ao certo a ordem. Mas isso tudo não o tinha impedido de aceitar participar do inédito encontro classista com seus colegas da crítica, logo mais, na Baratos Afins, para tratar de temas comuns ao ofício.

O cara da *VEJA* teve que sair correndo do Almanara — ao menos foi o que alegou, tinha outro compromisso urgente, mas era evidente que desistira do recrutamento ao notar o menor sinal de personalidade autônoma do interlocutor. Mas, como Copland ainda tivesse duas esfihas à sua frente, resolveu esticar um pouco mais por ali. Os garçons trouxeram mais chá gelado e foi aí que ele notou, escondido em uma mesa lá no fundo, o elegante Rocco

Castagnoli, repórter do fabuloso *Guia Quatro Rodas* de viagens e turismo. E amigo leitor, este é um fato incontestável: desde os anos 1960, ninguém no Brasil passava uma temporada de férias pelo País sem um daqueles catataus do *Guia Quatro Rodas* no porta-luvas do carro. Seus articulistas estavam em todo lugar, toda pousada no mato, todo restaurante em cima de uma árvore, em Paraty ou no Rio Grande, toda praia desconhecida no litoral de Alagoas. Avaliavam e davam dicas preciosas, era uma unanimidade até nos extremos da política. Copland conhecia o Castagnoli, era um boa-praça, mas quando estavam nessas missões secretas, o pessoal do *Guia* era realmente muito esquivo. Copland pegou seu prato de esfihas e o chá e foi em direção ao rapaz. Mas chutou a perna de uma cadeira e o barulho chamou a atenção dos comensais.

— Legal... Agora você vai entregar meu disfarce pra todo mundo..., grunhiu o Castagnoli.

— Preocupa não, Casta, eu sou apenas um anônimo, brincou Coppie. Por que vocês se preocupam tanto em serem identificados?

— Senta aí, Copland, vou te explicar o tamanho do enrosco.

Copland se ajeitou numa cadeira espremida ao lado de uma coluna e ficou de frente para Castagnoli, que tinha gestos de monge franciscano ou de jogador de sinuca da Lapa. Ele puxou do prato uma quantidade ínfima de tabule com a colher, colocou num pedaço de pão sírio do tamanho de uma unha do dedo mindinho e levou à boca com um esgar de quase desprezo. Comia quase nada, o desgraçado. Todos sonhávamos com um emprego no *Guia Quatro Rodas*, o que equivaleria a poder comer regiamente em todos os restaurantes do País sem nos preocuparmos com a conta, ou testar toda a comida de rua do Rio de Janeiro, todos os drinques dos pubs de São Paulo, etc etc etc. Mas, para um daqueles poucos escolhidos da equipe deles, essas tarefas não eram tratadas como uma bênção, mas sim como um suplício, confidenciou o Castagnoli: era um pacto diabólico que não permitia ao signatário não comer, não beber, não experimentar. Tudo devia ser examinado com lupa, da consistência do molho de tomate aos chuveiros das pousadas, das camas King Size ao sistema de calefação do chalé da montanha. Mas o que dava mais paúra mesmo era rankear os restaurantes, prosseguiu o colega.

— Sabe que eu, há apenas três meses, voltei de uma temporada de 20 dias analisando restaurantes no Nordeste, e hoje mesmo recebi um telefonema anônimo me ameaçando de extinção no Planeta, contou Castagnoli.

— O quê? De morte? Mas qual o motivo?

— Tirei uma estrela de um restaurante de duas estrelas. Estavam fazendo uma carne de sol de segunda linha, vendendo como se fosse uma maravilha de Picuí.

Não tive dúvidas: retirei uma estrelinha. Mas o chef lá é um gângster, um cara de maus bofes. Ele descobriu que fui eu que o rebaixei. Não sei até agora quem foi que deu o serviço no *Guia*, ou se ele mesmo descobriu fuçando nas reservas dos hotéis. Depois, achou o número do meu telefone e me ligou. Não se identificou, mas eu reconheci a voz.

— E você já falou com a polícia?

— Tá maluco? O *Guia* me mata se eu vou à polícia por um negócio desses. Abre para um escândalo generalizado. Não, eu fingi que não entendi, achei melhor.

Copland ficou subitamente meio preocupado. Será que o danado do Castagnoli não estava planejando ali tirar uma estrelinha do amado Almanara das horas de fome incontida? Copland viu, meio coberta pelo menu no lado direito da mesa, uma ficha de avaliação. Listava itens como couvert, entrada, prato principal e sobremesa, com espaço para comentários à caneta na frente. Ele não respondeu nem que sim nem que não à pergunta sobre o que pretendia ali, disse que seria antiético adiantar esse tipo de coisa. "Não existe comida ruim, existe comida malfeita", sentenciou o Castagnoli, de forma enigmática, antes de dar um gole desinteressado no chá gelado.

Na 7 de Abril, um ventinho gelado soprou canalizado pelos corredores de edifícios e balançou as flâmulas do material eleitoral de uma banquinha de petistas na esquina do Café Canelinha, que faziam a quixotesca campanha de Luiza Erundina para as eleições de 15 de novembro. As pesquisas não registravam qualquer avanço da veterana pernambucana, mas sua tenacidade parecia angariar grande simpatia em tudo que é canto, tinha um astral bom aquela candidata tardia. Havia também uma espécie de conflagração silenciosa pelas ruas da cidade. Em julho, reagindo a uma passeata que tinha juntado cerca de 100 skatistas no Parque do Ibirapuera para protestar contra a proibição do uso do skate no parque, o beletrista prefeito Jânio Quadros, em seu crepúsculo político, estendera a proibição para toda a metrópole. "Ao Ibirapuera não chegaram, porque tomariam a lição que o pai não lhes deu", vaticinou Jânio em um memorando que distribuiu à imprensa. Proibir o skate era o empurrão que a moçada precisava para interditar a velha política, e Erundina já tinha sacado isso, estava nas pistas tinindo com seus 54 anos. A juventude queria abrir as comportas, não parecia mais disposta a aceitar rasgos autoritários de eventuais remanescentes da megafauna moralista da Velha República.

Por um acaso, passando pela Sé, Copland encontrou o padre Malraux. Julio Malraux, um espanador do céu, varapau magricela e calvo, de óculos de armação fina e sempre meio tortos no rosto. Ele conversava com um faxineiro de olhos esbugalhados na escadaria. Diziam do pároco que era um missionário vermelho quando chegou transferido para a Sé. Era viajado, tinha pastoreado almas em Helsinki, Varsóvia e Nova York antes de chegar ao Brasil, e Copland, mesmo alérgico à religiosidade, admirava esse padre, ele tinha sido corajoso ao denunciar que um grupo de extermínio estava agindo na área da Sé, sequestrando e sumindo com menores infratores no verão passado. Depois disso, o padre virou celebridade na metrópole por dois motivos: pela bravura incontestável e pela infinidade de ameaças que passara a receber de um Esquadrão da Morte paramilitar. Copland tinha entrado pela primeira vez na Cripta da Sé, ponto culminante de sua vizinhança, a convite do amigo padre, e ficou pensando porque nunca tivera interesse em conhecer o lugar anteriormente. É um escândalo que esse lugar seja sonegado para o milhão de pessoas que caminha ali em cima diariamente. Não é menos que um tesouro essa câmara cheia de belas colunas, com um Cristo de madeira na entrada, piso lustroso de mosaicos, com o mausoléu grandioso ali do lado, cheio de inscrições nas lápides que não se podem ler direito, cobertas com um tipo de musgo verde que parece veludo de sinuca. O crítico cumprimentou Malraux e não pode deixar de notar que ele carregava um walkman amarrado à batina, de onde pendia um fone de ouvido branco.

— Então o senhor gosta de música, padre?, inquiriu Copland, bestamente.

— É claro, quem não gosta?, respondeu o religioso.

— Que tipo de música o senhor gosta?

— Ouço jazz. Fusion, para ser mais preciso. Weather Report é meu som preferido.

Copland não tinha a menor ideia do que fosse Weather Report, e do que tinha ouvido de fusion, achou tudo meio vaporoso demais para ele. O padre notou isso, pela expressão de vácuo do interlocutor, mas preferiu não ir adiante na explanação. Enquanto caminhavam, parecia que o padre media os passos de forma a que tivessem o mesmo espaçamento dos seus, não ficava um milímetro para trás ou à frente enquanto seguiam pela calçada ao lado da catedral.

— Diga-me, padre: quantas pessoas o senhor já confessou? Umas cinco mil? Umas dez mil? O que aprendeu nesses anos todos, o que aprendeu de tudo isso?

O padre riu, divertido e também se sentindo suavemente desafiado.

— O problema, meu querido, é que, no final das contas, todas as pessoas se tornam iguais depois que lhes é concedida a Graça. Todo mundo tem seus problemas, mas na hora definitiva todos se equiparam, há uma consciência da finitude que nivela tudo e todos, o padre disse e fez uma pausa grande, na frente da igreja. Copland ficou no pé da escada na lateral da Sé, e o padre subiu dois degraus em direção ao interior da catedral. Parecia que tinha terminado ali, e teria sido uma resposta satisfatória, profissionalmente adequada. Mas o padre encarou o final da rua, onde as viaturas da PM fazem ponto, e continuou:

— Mas, se você quer mesmo saber, eu lhe digo que não existe gente realmente grande. Outra coisa é que as pessoas mais crentes não conseguem aprender nunca: o sofrimento não nos engrandece, não nos humaniza, não nos dota de alguma sensibilidade especial. O sofrimento só destroça, só rebaixa, só tira o brilho. É na nossa exuberância que chegamos mais perto de Deus.

Copland ficou fascinado com esse lance de sinceridade e aquele tipo de strip-tease existencial do padre. Ia além do que tinha de expectativa sobre um missionário em estado de imersão no pulmão adoecido de uma metrópole, a quem cumpria primordialmente brandir dogmas em sua tarefa de resgatar almas perdidas do nevoeiro da vida. Sentiu sua admiração pelo batinoso crescer.

— Li nos jornais que prometeram de novo assassinar o senhor. Não tem medo dessas ameaças, padre? Não pensa em pedir transferência e sair dessa confusão?

O padre continuou a subida em direção a um portão lateral, e, sem se deter, deu uma arrumadela caprichosa no walkman na cintura.

— Já esteve em Nova York?, indagou Julio Malraux ao crítico itinerante.

— Só estive na França, uma vez.

— Pena. É uma bela cidade. Tem uma estupenda catedral na Quinta Avenida, a Catedral de Saint Patrick. Se for até lá algum dia, notará que, no chão dessa igreja, há uma frase do Cardeal O'Connor, ao lado esquerdo do altar, que diz o seguinte: "Não pode haver amor sem Justiça".

Copland coçou o pescoço, um tique de infância que o acompanhava quando algum assunto já o martirizava.

— Quando quiser, venha me visitar que tenho uns discos de fusion na sacristia. Posso lhe mostrar um som bacana! Você vai gostar.

Copland agradeceu e se despediu, de novo palmilhando as ruelas vizinhas da Sé, agora já com destino pré-determinado: o Sebo do Ozymandias.

A 200 metros da catedral, um marreteiro ajuntava sua tralha às pressas e enfiava tudo numa mala velha de pacote turístico, daquelas amarelonas. O rapa tava subindo com duas kombis, e vinha rápido. Duro fugir da chuva e da fiscalização ao mesmo tempo, ele pensou, solidário com o homem.

Castigando impiedosamente seus valorosos tênis, Copland varreu mais algumas calçadas com seus passos, avançando com determinação e barriga vazia à frente, sem nem mesmo saber o que impulsionava com tanta determinação suas marchas incessantes nas tardes metropolitanas.

NO RASTRO DAS DEVOTCHKAS

Entrando no Sebo do Ozymandias, Copland logo vislumbrou a figura de uma garota. Ela estava sentada numa mesa baixa à esquerda, de madeira, uma que tinha nomes e frases inscritas, possivelmente, a canivete, pela profundidade dos sulcos. Ele mesmo já se sentara ali em outras visitas, era a mesa com a inscrição gozada, "As trutas nunca escolhem lugares feios". Entretido no garimpo dos vinis, contudo, Copland não se fixou de imediato na presença da garota, e pode ter sido isso a ter ligado o curiosômetro dela a seu respeito, porque isso um homem saca de imediato. Ela mexia num velho caderno Moleskine com adesivos colados por toda a capa. No maior deles estava escrito Derek and The Dominos. Aquilo foi o que chamou mais sua atenção, orelha em pé, particularmente interessado no que poderia completar o quadro da personalidade da menina. Derek and The Dominos era uma das bandas de incubação do magnífico Eric Clapton, e até onde ele sabia nem se fazia camiseta daquele grupo, quanto mais adesivos, ela certamente mandou fazer em loja de silk-screen.

Cara de universitária, roupas daquelas que as moças bonitas usam quando querem parecer invisíveis: camiseta muito grande, puída na gola, piercing discreto no alto da orelha, calça jeans larga cortada na barra, pernas tão largas que não admitiam visões imaginosas. Bonita de desconcentrar. Copland pensou que não devia ter reparado nela. Sentia-se agora um voyeur de merda, um babaca de má iniciativa. Ela era alta, lábios inferiores pendendo para baixo, denunciando o uso juvenil de aparelho corretivo nos dentes.

Na verdade, a garota era daquelas mulheres que são bonitas porque decidiram justamente não ser bonitas, numa espécie de decreto pessoal. Essas são as incontornáveis. Logo Copland descobriria que a garota não o distinguiu, a princípio, por suas qualidades sedutoras. Ela pareceu imediatamente hipnotizada, é verdade, mas era pelo disco que ele tinha arrancado de uma estante bombardeada de capas amassadas e manuseado com jeito de connaisseur.

— Estou enganada ou isso é um vinil do Tim Buckley?, ela perguntou, inclinando a cabeça para a frente.

— E é um dos últimos, *Greetings from L.A.*

— É o que tem *Devil Eyes*! Puta tecladeira. Adoro esse vinil. Como é que eu não vi isso daí?

— Se quiser é seu. Eu só peguei para xeretar mesmo.
— Jura? Quero muito!

Ela levantou com avidez e puxou o vinil de capa amarela das mãos de Copland. Nem olhou para o seu rosto, apenas para o disco, extasiada. Copland ficou pensando em sua crônica incompetência para com o departamento feminino. A garota fazia seu estilo, mas ele jamais teria coragem de ir adiante com aquilo. Na verdade, não tinha ficado assim tão interessado. Mas, ainda assim, resolveu fazer uma tentativa.

— Morto aos 28... Uma pena... Tim Buckley passou um ano do prazo de se eternizar no Clube dos 27, ao lado de Brian, Jimi e Janis...

— Foi heroína, disseram. Não sei muito sobre isso, só que ele fez um show na noite anterior à sua morte, lá em Dallas. Eu queria muito ter estado lá.

Era uma garota que amava a música, isso estava claro. Tinha olhos verdes por trás dos óculos, notou Copland. Ela se sentou novamente, agora envolvendo seu novo tesouro como um Graal particular, e ele se meteu pelas estantes do Ozymandias, buscando algo que não estava à procura. No final das contas, a menina era apenas uma menina, pensou, uma dessas meninas-fãs. Tinha se encantado precocemente, acontecia muito com ele.

Um antigo bibliófilo bem afamado costumava dizer que não abria mão da "sensualidade gráfica" de manusear livros em sebos. Aquela definição parecia perfeita quando se mergulhava nos labirintos de velhos volumes desse lugar, e Copland fazia isso cotidianamente, embora não fosse exatamente pelos livros, e tinha dúvidas se alguém entrava ali pelos livros. De paredes escarpadas pelo mofo e pela tinta da repintura, o sebo tinha empilhado num canto um monte de caixas atadas com fita crepe ensebada, ao lado de um sofá empoeirado. Mais caixas iam surgindo, dispersas por um salão tão atulhado de livros que se tinha a impressão de que ninguém ia conseguir entrar nele a não ser com botas de montanhista. Naquilo que era uma espécie de antecâmara do grande salão, bem ao fundo, uma antiga geladeira balançava e gemia num canto com iluminação deficiente, claridade suficiente para que se pudesse distinguir uma garrafa térmica de café, copinhos plásticos e alguns pacotes de biscoitos abertos — aparentemente havia um século — sobre a carcaça de uma mesa.

Às vezes, Copland sentia-se quase corrompido pela tal da sensualidade gráfica que tanto falavam. Por exemplo: há pouco tempo, detivera-se na frente de uma Bíblia datada do século 16. Sentiu até mesmo o tal do fascínio tátil naquele instante. Fez menção de puxar o livro da estante e quase conseguiu abri-lo, mas, num tranco, uma mão severa arrancou o volume de seus dedos.

— Largue isso! É uma edição integral em latim, disse, ríspido, o livreiro Ozymandias, o proprietário do lugar.

Calvo como um pássaro recém-nascido, com tufos de cabelos finos espalhados irregularmente pelo cocuruto, o velho andava alternando pressa e vagareza, e sempre aparecia às costas dos clientes como um fantasma.

O mau humor do velho livreiro indignado não fez Copland desanimar, muito pelo contrário. Virou as costas ao Senhor dos Livros e prosseguiu sua investigação muda pelo interior do sebo, fazendo emergir e submergir discos, fitas cassetes e livros, um garimpo que geralmente lhe consumia horas, mas sentia que naquela tarde não poderia demorar muito. Afinal, era o dia do show do Boss no Brasil, a primeira vez que o Boss pisava nessa terra, tinha que se preparar espiritualmente.

O Sebo do Ozymandias não tinha os discos e fitas na parte mais nobre do seu cardápio. Em geral, ficavam em caixas enfiadas sob as estantes de livros, era preciso fazer um certo halterofilismo para puxar as caixas e removê-las de seus nichos. Na entrada principal do sebo, havia uma grande porta de vidro opaco, tipo vidro de cristaleira de casa de tia velha, que se abria tanto para dentro quanto para fora, como nos saloons de faroeste. Entrando por ela, dava-se num grande salão bloqueado por um balcão de madeira sebenta, no qual se pendurava com fita crepe um cartaz rabiscado a caneta Pilot, as letras escurecidas mal e porcamente na cartolina com tinta vermelha, que ordenava: FALE BAIXO.

Copland tinha escolhido uma fita cassete para levar e esperava na ponta do balcão por alguém que o atendesse, mas o velho Ozymandias tinha sumido de novo. Quando viu, notou que ele estava agachado atrás de uma pilha de livros, numa atitude furtiva, uma espécie de emboscada. Seu olhar era severo, mas não chegava a ter esgares de fúria ou qualquer outro sentimento extremado nos olhos. Estava postado a três passos da porta feiosa, encurvado em seu jaleco do tipo enfermeiro. Copland achou melhor não o chamar. Súbito, alguém que tinha toda pinta de ser sua presa veio caminhando do fundo de um corredor, aproximando-se da saída. O novo personagem ocultava um volume evidente no cós da calça, tampado pela jaqueta jeans desbotada e cheia de buttons. Mastigava algo e não devia ter mais do que 20 anos. Não parecia suspeito, porque não demonstrava preocupação em disfarçar coisa nenhuma. Ozymandias o deixou passar e, com um pulo, agarrou o garoto pelo braço:

— Por esse preço não vendo, disse o velhote ao rapaz, tentando dar ao seu agarrão uma firmeza que suas mãos já não tinham há, no mínimo, uns 50 anos.

O garoto virou o rosto e olhou para o livreiro com calma, sem demonstrar temor algum. Não sorriu, mas a boca entortou um pouco para o lado quando disse:

— Mais do que isso também não pago!

O guri disse e arrancou de um salto, livrando com um safanão o braço das mãos do seu captor e escancarando o livro que escondia sob a jaqueta. O livro caiu ao chão com um ruído abafado, folhas contra o chão, e o ladrãozinho jogou-se de cabeça na porta sem taramelas, sumindo no ziguezague de pedestres da rua 7 de Abril, no meio da multidão de homens-sanduíche que negociam de tudo — ouro, consultas astrológicas, sexo, empréstimos, consultoria sentimental. Deu um tranco na estátua viva de Carlitos que — todo mundo sabia — traficava ganja na Rua Direita. Ozymandias não o seguiu, apenas fez um muxoxo esquisito no canto da boca, guardou o livro, e retornou ao seu posto no balcão, lentamente.

Copland pagou a fita cassete rapidamente, para não aguentar por tempo demasiado o desabafo do velho sobre a condição atávica de assaltante que seria característica do povo brasileiro. Depois, se mandou dali.

Algumas quadras mais tarde, entrando em uma padaria nas imediações do Val Improviso, na Rua Frederico Steidel, próximo ao Largo do Arouche, na área de confluência das boates gays da Rua Major Sertório, Copland viu uma dupla familiar. Eram as duas inseparáveis *devotchkas*, como chamavam a si mesmas, invocando *Laranja Mecânica*, mais conhecidas do star system caboclo da paulicéia: Simone S. e Lu Spitfire. Vestidas como anjos de Mestre Ataíde, usando faixas de pano que não se sabe exatamente onde se atam, que tipo de alfinete de segurança as sustenta, elas eram já velhas conhecidas do mundo do showbiz.

Copland se aproximou e viu que as duas discutiam em cima de uma crítica de jornal. De novo, parecia ser algum jornalista da área de música que escreveu alguma coisa que fora mal deglutida. As garotas bradavam que nunca tinham visto o tal Pepsi Scholar, o escriba em questão, ali no pedaço; então como ele pudera ter feito um juízo tão definitivo de TODAS as bandas daquela geração se nunca tinha sido visto no seu amado Val Improviso, nem no Napalm, nem no Rose Bom Bom, nem no Espaço Retrô? Mas o que pegou mesmo foi que Scholar tinha chamado o clube delas de "pulgueiro".

Scholar era um dos articulistas da metrópole que costumava escrever tomando emprestados pastiches de expressões de John Milton e Rimbaud, e isso dava um colorido de fogos de artifício em seus artigos, iluminando os olhos dos postulantes ao ofício e enfurecendo os dos fanzineiros de mimeógrafo. Seus julgamentos também eram peremptórios, definitivos, sem espaço para negociações.

Copland nutria secreta simpatia por Scholar e sua sanha conflitiva. A verdade é que apenas discordava dos juízos, mas via com bons olhos a capacidade de combate e a autoconfiança do colega. Não era algo exatamente proverbial o que Copland pensava de sua atividade, mas o essencial era: não se pode viver na expectativa de que, no futuro, se possa dizer: "Olha, viu como eu tinha razão?". É preciso que se tenha razão agora, que seu próprio julgamento das coisas lhe seja satisfatório, justo, que preencha sua necessidade de ter razão na medida certa em seu próprio tempo.

Enquanto caminhava pelo Bixiga com as garotas, Copland demonstrava um frugal prazer em ver o efeito que elas causavam na paisagem, talvez sem se darem conta, durante seu desfile. Os office-boys de bicicleta viravam os pescoços, as senhoras da Bela Vista olhavam com ar de reprovação, os engravatados a caminho da Paulista olhavam de soslaio. Simone S. e Lu Spitfire, mesmo se quisessem, nunca passariam despercebidas. Simone era, além de uma velha amiga, um fetiche legítimo que Copland não reprimia. A primeira vez que a tinha visto fora no lobby do Copacabana Palace. Em 1985, ela estava a postos para se dedicar ao seu esporte favorito, a caçada aos rocks stars. Como Freddie Mercury fosse gay, ela tinha decidido que, dessa vez, iria partilhar a cama com Brian May, muito embora este fosse bem casado com Christine Mullen. Quando a garota decidia essas aventuras, hospedava-se dias antes no mesmo hotel dos artistas, preferencialmente no mesmo andar. Tinha grana suficiente para isso. Linda, moderna, rica, interessante, ela não dava mostras que tivesse algum fracasso na folha corrida. Em geral, era difícil deixar de notá-la. Calçava invariavelmente tênis de jogging e algumas vezes uma calça Levi's 501 preta de pernas muito apertadas, a preferida de Copland. Os cabelos tingidos de vermelho, cortados rentes ao pé da orelha com máquina zero. Tatuagem de águia no lado esquerdo do pescoço. Polida, mas nunca ao ponto de parecer desarmada, muito menos ao ponto de confiar num interlocutor à primeira vista. Muito magra, mas as pernas que enchiam a Levi's denotavam árduo trabalho de academia. Diziam dela, as detratoras, que ninguém conseguia colocar uma saia em tão pouco espaço de corpo entre a virilha e o final da bunda. Quase não comia, exceto se fosse para agradar alguém em algum jantar de aproximação. De classe média alta, a família tinha casa no Morumbi, fazia faculdade cara, mas desenvolveu fetiche por rock stars. Namorou também um deputado da bancada jovem, que tinha uma grife de roupas, mas seu lance mesmo era rock star. Já Lu Spitfire era meio suburbana, sem glamour, grosseira na sua franqueza apressada, mas como eram inseparáveis, não tinha como estar com uma sem interagir com a outra, ou ao menos pressenti-la.

Quando Simone tinha avistado Copland, alguns minutos atrás, o envolveu de assalto num abraço, num enrodilhado que quase curou as cólicas renais dele. Ele ficou sem graça, as mãos sem saber se apertavam ou acochambravam. Parecia até que ela tinha um júbilo real com aquilo, ou então sua capacidade de planejar os eventos em torno de sua fulgurante presença tinha atingido um grau de premeditação inédito. Copland se esforçou para não gaguejar, mordeu as palavras com uma determinação surpreendente.

— Vi uma foto sua com Rod the Mod na piscina do Copa, naqueles dias em que ele esteve aqui em férias..., disse Copland à menina, enquanto reiniciava a caminhada, tentando retomar o volante da autoconfiança.

Ela não fez uma cara de muito entusiasmo com a lembrança dele.

— Aquilo me custou muito, ela contou, sorriso nublado.

— Como assim?

— Ah, para chegar no Rod eu tive que passar pelo maldito segurança dele, um coreano dos infernos, o Makito.

"Passar pelo segurança" não dava muita margem para interpretações. Significava obviamente submeter-se a trocas de fluidos corporais com algum atravessador para ter acesso ao alvo principal. Era um dos obstáculos naturais que as groupies enfrentavam em suas jornadas. Simone e Lu Spitfire nutriam, além do gosto pelas roupas sempre exíguas, um senso de solidariedade em relação aos jovens postulantes ao estrelato no rock nacional. Isso as aproximava de Copland. Mas Simone, especialmente, dedicava a Copland um afeto fraterno, quente, de irmão mais velho (coisa que desconhecia, já que era filha única de um desembargador de Higienópolis). Nos seus rarefeitos encontros, deixava que ele lhe desse conselhos, contava a ele segredos de suas aventuras pelas camas do show business, às vezes se divertia em deixar que ele conhecesse segredos picantes. Entretanto, ficava sempre claro que era uma coisa fraternal, não havia espaço para que nada crescesse ali.

Subiram caminhando juntos a Consolação, até que Lu Spitfire, que tinha se tornado uma penosa coadjuvante, anunciou que iria deixá-los, tinha combinado uma sessão de cinema no Cine Bijou com um amigo, e Simone S. e Copland se despediram sem muita festinha e seguiram em frente. Lado a lado, falavam quase nada, mas iam imbicando para o lado da Rua Augusta como se tivessem combinado os passos.

— Não sei por que ela ainda sai com esse cara, reclamou Simone assim que a amiga sumiu no trânsito. É um merrequeiro sem futuro.

Por um momento, Copland achou aquilo meio paradoxal: uma mulher jovem cujo passatempo favorito é se deitar, no sentido bíblico, sem compromisso, com artistas de rock, falando agora em futuro? Olhou de soslaio para os pés dela, muito pequenos e perfeitamente pedicurizados, esmalte vermelho nas unhas, e a sandália fina de baile quase obrigatória (embora ela sempre carregasse um par de Havaianas na bolsa).

Por quase 10 segundos, Cop pensou de forma consequente nos rumos da sua vida. Havia tempos que não tinha um trampo fixo, emprego mesmo, de salário, FGTS e coisa e tal. Sempre os frilas esporádicos. Na tarde de ontem, por falta de informação de um produtor de TV, tinham-no convidado para participar de uma mesa-redonda num programa canal UHF:

Fumantes e Pais Separados Criam Filhos Desajustados? Ele recusou sem mais delongas. Não pela inexperiência com os filhos. Não por isso, tinha sobrinhos, sabia como era a pauleira. Também não foi pelo tema, é fácil enganar nesse métier; foi mesmo pelo cachê, que não pagava nem um lanche no Ponto Chic.

— Qual seria o homem ideal, em sua opinião?, Copland perguntou a Simone, procurando provocar a companheira de caminhada.

— Bom, não seria um contador, um chofer de táxi, um empacotador das Casas Bahia, ela respondeu, rindo.

— Mas aí é critério de exclusão. Quero saber das qualidades que você busca.

— Glamour. Tem que ser do glamour. Ou pelo menos estar perto dele.

Copland pensou com ele mesmo "será que o guitarrista de Siouxsie and the Banshees, seria glamuroso? Aquele seboso?" E quase fez a pergunta, mas resolveu estancar a provocação, aquilo acabaria ricocheteando e pegando nele. Naquele momento, um cara de nariz adunco num Monza verde passou muito perto dela na calçada e berrou: "Gostosa!". Simone, inabalável, respondeu também com um berro: "Viado!".

— Você nunca chama um táxi?, Simone perguntou a Copland uma quadra adiante.

— Só quando tenho dinheiro.

Ela riu como se estivesse fazendo um comentário ("Então não pega nunca"). Não, não era uma gozação a risada, era algo mais como ternura mesmo, compreensão.

— Eu tenho dinheiro, por que estamos andando tanto?, ela disse.

— Olha, eu gosto de andar. Mas também é porque já estamos bem perto do meu destino, acho que vai ser um desperdício de cascalho. Eu tenho de ficar aqui na área até no fim da tarde, porque fiquei de entregar uma encomenda lá no centro. Além do mais, você nem me disse para onde está indo.

Ela pareceu nem ter ouvido. Ele mudou de assunto.

— Simone, você gosta desses caras com quem você fica?

— Mas é claro, Cop! Tem uns caras muito gatos ali. Você acha que uma mulher não se diverte fazendo sexo à sua escolha?

— Mas todos eles por diversão?

Ela parou para pensar por uns segundos. Logo pareceu esquecer a pergunta e recomeçou por outro ponto qualquer.

— Olha, só tem uma coisa que eu não gosto muito na maioria deles...

— O quê?

— Não são muito de tomar banho. São bem porquinhos, aliás...

— Não me leve a mal, mas você não acha que está seguindo a trilha da Pamela des Barres, aquelas groupies malucas?

Simone S. parecia que já tinha essa resposta engatilhada. Bom, parecia que já tinha todas as respostas engatilhadas, mas era contundente com aquelas que se repetiam, e Copland tinha acabado de repetir uma das mais batidas.

— Olha, Pamela e Chyntia Plaster Caster são só malucas que colecionam moldes de picas duras em gesso. Eu sou da nova geração, eu quero envolvimento, jantares, backstage pass, ménage com a esposa oficial, cacete com o filho adolescente, ela respondeu, demonstrando certa satisfação por causar algum constrangimento ao acompanhante. Copland sabia que não adiantava fazer pose de chocado, era o que ela antecipava. Precisava se mostrar imprevisível de algum modo.

— Diz a lenda que o maior molde de uma pica dura feito por Cynthia foi o de Jimi Hendrix, aquele que ela quase perdeu por ansiedade. Quis abrir a caixa de gesso antes da hora e o negócio fragmentou, mas ela acabou colando tudo de volta. O segundo lugar ficou com Jello Biafra, e Jon Langford, dos Mekons, ficou com a terceira colocação. Hahahahahaha, engraçado essa palavra nesse contexto, não? Colocação? E qual é o seu ranking, Simone?, ele perguntou, bonachão.

Simone ignorou aquilo que considerou recaída de machinho enciumado. Continuou caminhando graciosamente até chegarem ao Metrô Consolação. Ali se despediram, mas Copland olhou para trás quando descia as escadas rolantes e viu que Simone o olhava de longe, como se tivesse esquecido de dizer algo.

Face ao benefício de dois ingressos grátis para ver o Boss, o que tinha de fazer em troca não parecia nem de longe uma tarefa árdua, pensou Copland enquanto rumava para a Estação da Luz, em direção às Oficinas Três Rios, para cumprir o combinado pela cessão dos tickets para o cobiçado show da Anistia. O francês tinha sido generoso, mas no fim das contas era francês, né? Pedira um favorzinho em troca dos ingressos. Ao menos não era para buscar alguma muamba em lugar perigoso, era só entregar um simples envelopezinho. Por sarro, Copland colocou o ingresso contra o Sol e "examinou", e também o agitou como se fosse um pacotinho de sal de frutas. Achou engraçado o próprio gesto.

Oficinas Três Rios. Era para aquele lugar onde convergiam boa parte das experiências artísticas mais abusadas da cidade. O centro cultural que fora instalado nos 8 mil metros quadrados da antiga Faculdade de Odontologia da USP, no Bom Retiro, já há algum tempo vinha se tornando uma ilha libertária ali na região do centro, e ainda hoje atraía alguns operários que iam à portaria para saber se o local ainda oferecia tratamento dentário gratuito. Possuía ateliês e laboratórios sempre em atividade frenética, auditórios, teatros, um estúdio de rádio e um alojamento para cerca de 108 pessoas, o que permitia que abrigasse grandes entourages artísticas. Sua capacidade de intervenção cultural era real. Entre as histórias mais engraçadas, havia uma que foi recontada pelos jornais: durante uma apresentação de percussão africana, os batuques e os tambores estavam soando tão alto que entrou um rapaz pela portaria para perguntar se poderia receber um passe.

Copland desceu na Estação da Luz e caminhou pela calçada ombreada por muros descascados da antiga região fabril do centrão. Deteve-se para ver os grafites no muro da estação: um acrobata no espaço, um telefone vermelho, sutiãs coloridos, piões, gravatas, diabinhos e uma pin-up de botas pretas servindo uma bandeja com um frango que estava por toda a cidade, a onipresente

Rainha do Frango Assado. Eram presentes de Alex Vallauri, um artista que tinha morrido há um ano, em seu auge, de uma misteriosa nova doença para a qual não se tinha cura. Um mal de transmissão pelo ato sexual ou transfusões sanguíneas, dizia-se, uma espécie de maldição que começava a derrubar as ambições de liberação afetiva do nosso tempo. Vallauri morreu quando já tinha pontilhado toda a metrópole com seus desenhos, e que começara expondo em locais como o Centro Cultural São Paulo, no início da década, para logo em seguida ganhar os muros e os olhares públicos.

Na recepção das Oficinas Três Rios, Copland perguntou à moça da portaria: "Sabe onde posso encontrar o Marco Antonio?". Ela não levantou o rosto. "Que Marco Antonio?. Por acaso o sr. fala desse compositor do grupo que está se apresentando hoje?", ela perguntou. Copland assentiu com um movimento do rosto que ela não viu, olhava para baixo, mas ainda assim a moça entendeu e então apontou uma sala no mezanino. "Procure ali". Antes de seguir a recomendação da recepcionista, Copland viu um folheto na mesa da recepção com o programa da noite e o pegou como se puxasse uma carta de um baralho. Subiu a escada lendo a introdução do folheto:

"Uakti vivia às margens do rio Negro. Seu corpo, aberto em buracos, recebia o vento e emitia um som tão irra-

diante que atraia as mulheres da tribo. Os índios, enciumados, perseguiram Uakti e o mataram, enterrando seu corpo na floresta. Altas palmeiras ali cresceram: de seus caules os índios fizeram instrumentos musicais de sons suaves e melancólicos, feito o som do vento no corpo de Uakti. Ao ouvirem esse som, as mulheres estarão impuras e serão tentadas".

Marco Antonio Guimarães não estava na sala para onde a moça apontara. Copland notou que, na parte de trás do átrio da Oficina Cultural, havia uma aglomeração de pessoas. Marco Antonio estava ali, encastelado em uma sacada. Debaixo dela, umas duas dezenas de pessoas observavam. O compositor estava tocando um negócio sui generis, uma parafernália a que dera o nome de Aqualung, como o disco do Jethro Tull. Consistia no seguinte: mangueiras jogavam água por sobre o telhado, como num sistema de irrigação, simulando chuva. A água vinha pelas calhas. O instrumento que o gênio do grupo minciro Uakti tinha inventado era um emaranhado de tubos de PVC, um órgão tocado pela água da chuva. A chuva ali era artificial, mas para a apresentação estava funcionando perfeitamente. A música era feita conforme a água caía nos tubos, com os diferentes níveis para a queda da água providenciando os acordes — o tubo mais alto resultava no grave, o mais baixo no agudo — e a amplificação, com diversos microfones nos tubos, cuidava do resto. Marco Antonio estava "tocando", controlando as válvulas do jorro da água e correndo para todo lado, porque embora não exigisse regência convencional, o sistema era sujeito a imprevistos — o vento por exemplo, podia desviar a água do tubo e bagunçar o som. O homem estava tocando a "chuva". O som era bonito, era como se uma cachoeira estivesse cantando, e exigia silêncio absoluto de todas as pessoas ali.

Os sons aleatórios, assim como seus devotos delirantes, pareciam perseguir Copland enquanto ele cruzava a cidade naquele dia em que ele apenas sonhava em ouvir um rock star de linhagem tradicional, um herói típico do Velho Oeste selvagem, algo daquela cultura na qual fora educado sem método e sem rigor na subida dessa montanha de ficções pop.

Quando o show terminou, a água parou de correr e após a organização distribuir algumas toalhinhas para a plateia, Marco Antonio desceu da sacada, de onde tocara a sinfonia chuvosa, e alguém lhe soprou que um emissário estava ali com um envelope. Ele chegou até Copland, que lhe disse que a encomenda fora enviada por Clemenceau. Marco agradeceu, mas Copland quis saber um pouco mais sobre aquela doideira.

— Como você bolou esse show, Marco?

— Olha, isso surgiu quando o Uakti tinha uma oficina no bairro Funcionários, em Belo Horizonte, explicou Marco Antonio, prosseguindo:

— Na parte de trás da casa, que era de dois andares, não tinha calha, então, caía água de lá de cima com uma certa força. Eu comecei a fazer uma série de experimentos lá, na época de chuva. Primeiro, eram coisas percussivas, com panelas emborcadas. Notei que, conforme a chuva aumentava, o som ficava mais contínuo. Mas quando a chuva ia parando, ela começava a variar o ritmo das gotas, e isso era muito interessante, tanto o som como o ritmo que criava. Aí comecei a imaginar esses instrumentos que permitem tocar a queda de água.

— Marco Antonio, desculpe a franqueza, mas qual é o problema que você tem em tocar instrumentos com regras e limites definidos? O Michael Jackson faz músicas com esses instrumentos e como é linda a música dele, você não acha?

— É claro, é claro... Não tem problema nenhum, toco vários instrumentos. Mas pense: não é muito rica a natureza? Há nela uma infinidade de cores que o olho humano não consegue ver, sabia? E não tem nenhum cristal de neve igual ao outro. Caindo no mundo aí, aos trilhões, quintilhões de flocos de neve, e entre seus cristais, nunca tem um igual ao outro. E, no entanto, todos têm seis pontas...

Marco Antonio parecia um monge zen, e mesmo naquela aparente dislexia musical, que foi como Copland compreendeu aquela experiência, ele era um agradável interlocutor com seu jeito mineiro, desprendido, genuinamente sem vaidade. Despediram-se, e Copland, com a missão cumprida, resolveu comer uma esfiha no Effendi, na Luz. Entrou babando, estômago roncando, a esfiha aberta de carne era um verdadeiro almoço. E não é que deu de cara justo com Simone? Rapaz, essa cidade é mesmo um ovo. Parece um céu de estrelas, mas aí você se movimenta e encontra as mesmas figuras em bares e restaurantes, em parques e calçadas, e é como se vivesse no interior. Ela tomava, calma e distraída, um suco de laranja numa mesa na entrada, e Copland se acercou dela com genuína alegria.

— Porra, duas vezes na mesma tarde? Que boa surpresa. Você vem sempre aqui, Simone? Nunca te vi aqui.

Ela assentiu com a cabeça, mas estava claro que mentia.

— Foi você que me contou desse lugar, Copland. Esqueceu?

Foi nessa hora que Copland começou a desconfiar que o encontro não era por acaso, fora planejado por ela. Ele tinha mencionado que estava a fim de uma esfiha do Effendi no encontro que tiveram um pouco antes, na região da Paulista. Ele deu uma risada meio forçada, de batedor de carteiras na delegacia frente ao delegado.

— Simone, me diz uma coisa: o que você está querendo de mim? Sabe muito bem que sou um liso fodido. Se está com planos de alguma coisa extravagante, pode desistir...

— Bom, sempre estou querendo algo, você sabe. Mas dessa vez estou meio sem jeito de dizer, Cop...

A garganta ressecou subitamente. Ele não sabia se deixava a esperança crescer ou se a afogava ali mesmo, antes da cachoeira de saliva. Mas o jato de água gelada não demorou a jorrar em seu rosto como se viesse de um chafariz de bombeiro.

— Cara, eu vou abrir pra você: quero tentar ficar com um dos caras do show de hoje. Mas eu não tenho como ir ao show, não tenho ingressos. Queria perguntar a você se sabe algum macete, algum jeito de eu chegar até o backstage, desembuchou Simone.

Aí então ele entendeu tudo. Trazia no bolso os dois ingressos que lhe dera o francês lá na coletiva do Hilton, e eles queimavam na sua mão enquanto os apalpava escondido. Se ela os queria, podia negociar, pensou sua alma mais canalha, mas sabia que seria o fim de toda a intimidade na relação com Simone. Ela não tinha problemas em tornar o sexo um carteado fácil e descompromissado, mas depois disso tudo se tornaria apenas mais um negócio, talvez até mais um desprezo, e ele não tinha esse desprendimento. Copland a via em outro plano, em alguma outra dimensão.

— Tem algum deles em mente, em especial, para consumar seu harakiri sexual dessa vez?, ele perguntou.

— The Boss, é claro. Quero ficar com o Bruce. Mas, se não rolar, pode ser o guitarra dele. Ou o tecladista, acho que encaro.

Copland segurou o queixo como articulista de jornal nas fotos de bico de pena, de forma quase severa, falso teatro de não-tô-nem-aí. Pensou, pensou. Mas não tinha como negar, tinha de fato um ingresso extra. Simone quase beijou sua mão quando ele arrancou os dois ingressos do bolso e a convidou para irem juntos logo mais à noite ao show. Sua euforia contrastava com a súbita inanição cardíaca de Copland, que não sabia se estava deprimido ou desorientado.

Saíram para o metrô e caminharam pelo meio da enxurrada de carros em uma fila desalinhada na Consolação, um continuum que demonstrava diariamente como os carros eram a corrente sanguínea natural dessa cidade, cerca de 3 milhões de hemoglobinas de rodas a cortar a carne da metrópole como vírus. Somente de vez em quando, ela dava um pulinho como se estivesse brincando de Amarelinha na calçada, festejando a façanha.

Andaram muito ainda sem paradas nem para um café. Simone só fez menção de parar uma vez, quando passaram pela Locadora 2001, queria alugar um filme do Wes Craven, adorava aquela trasheira, mas Copland se recusou a entrar: tinha alugado um filme há dois meses e não devolvera, e não sabia quando teria dinheiro para pagar a multa — que ia crescendo progressivamente enquanto ele evitava até passar pela porta. Sua mente persecutória imaginava os atendentes o reconhecendo enquanto caminhasse entre as estantes.

Era ainda muito cedo e ele lembrou que tinha sido convidado para uma coletiva de uma banda no Maksoud Plaza, na região da Avenida Paulista. Copland e Simone reiniciaram sua caminhada pelas paisagens em construção de uma São Paulo que pleiteava símbolos, marcas, protagonismo. Um outdoor num ponto de ônibus mostrava uma foto hipnótica da modelo Claudia Liz, uma dessas reivindicações incontornáveis da centralidade paulistana. Desfilando com uma bolsa Paco Rabanne na Semana da Moda de Paris, recebendo pessoas na abertura de uma exposição de amigos no West End de Londres ou posando para capas de revistas vestindo a nova coleção Comme des Garçons. A modelo Claudia Liz, de boca pequena e rosto largo, e 1m80 de altura, se tornava o retrato glamuroso da potência da liberdade e da alegria da juventude dourada feminina para as garotas descoladas de São Paulo. Copland deixou o olhar distrair-se no outdoor, e Simone pareceu implicar suavemente.

— Ah, Copinho, essa mulher nem brasileira é. Parece modelo alemã.

— Mas é, pitchula, rebateu Copland, sorrindo. Pior que é até mineira. O Brasil é isso, é um passaporte que entra em qualquer país sem despertar estranhamento, temos de tudo por aqui, de indígenas do altiplano boliviano a übermodels do tipo aeroplano, brincou.

A coletiva era com o frontman de um grupo britânico que tivera protagonismo no movimento punk, poderia render algum texto para revista ou jornal. Copland tinha convidado Simone S. para acompanhá-lo, mas nem precisava, àquela altura ela parecia já estar seguindo com ele aonde fosse. Na esquina da Paulista com a Rua Augusta, apareceu um novo grafite num casarão em vias de ser demolido com uma inscrição diferentona, em inglês, mas aparentemente sem sentido. GODSPELL. Copland resolveu bancar o esclarecido.

— Godspell é um nome que significa gospel, good news.
— Cop, você fala inglês de verdade?, perguntou Simone.
Copland riu. Essa pergunta ia e vinha em sua vida.
— Falo inglês na mesma medida em que nado: sei nadar o suficiente para não me afogar.
Ela achou engraçado.
Quando chegaram ao hotel, Simone e Copland pararam no grande hall para observar o movimento nos mezaninos, um impulso inevitável de todo mundo ainda pouco familiarizado com o hotel dos astros de São Paulo

— na verdade, quem estaria preparado para aquilo? Copland ouviu um som de trompete que vinha do Trianon Piano Bar, um pub à meia luz no térreo que concentrava o povo de smoking, e sacou de imediato quem tocava. Araken Peixoto, irmão de Cauby. Ao piano, o acompanhava o irmão, Moacyr. Tocavam *Se acaso você chegasse*, de Lupicínio. Copland pensou que preferia não saber o que era aquilo que eles tocavam, preferia não reconhecer essa argamassa de MPB que vinha se construindo desde os anos 1940, 1950, mas em sua casa isso tinha sido como mingau de farinha desde a mais tenra infância. Seus pais amavam aquelas canções e aqueles artistas de outras esferas, e ele acabou aprendendo tudo por osmose.

— Sabe quem são?, ela perguntou, ao ver que ele tinha se detido com algum tipo de reconhecimento.

— Não sei, nunca vi antes. Devem ser desses bares da Amaral Gurgel.

Chegaram adiantados, ainda faltavam uns 40 minutos para a press conference. Ela insistiu para que ouvissem mais os irmãos Peixoto e ele concordou. Ficaram no balcão. Bartenders todos engravatados manuseavam garrafas de scotch com nomes escritos nelas, além de dry martinis impecáveis. Conseguiam ser atenciosos com os sobrenomes famosos nas garrafas de uísque e também com dois desconhecidos que atracaram ali por acaso. Ela pediu um conhaque, ele disse que só ia acompanhá-la.

— Acho que o jeito como a gente ama a música muda muito com o passar dos anos. Ao mesmo tempo eu sinto que, nesse momento, as pessoas estão amando a música do mesmo jeito que amam times de futebol, odiando o time adversário, a torcida adversária, almejando a aniquilação do gosto dos outros, o desaparecimento dos outros, ela disse, de sopetão.

— Por que você tá me dizendo isso?

— Não sei. Você escreve sobre música, pensei em falar sobre uma coisa em que eu tenho pensado com frequência. Tenho uns amigos muito bolados com essa coisa de gosto.

— Bom, eu nunca mudei de gosto musical. O que eu detesto, detesto desde sempre e para sempre.

— Por exemplo, Cop? Me diz uma coisa da qual você não gosta mesmo.

— Odeio baladas. Balada é coisa de viado.

— E odeia saxofones também?

— Muito. Pior que uma balada, só uma balada com solo de sax. *Stairway to Heaven* é uma balada-baba, assim como *Wish You Were Here* também é. Mas não cometeram essa heresia de colocar saxofone. Aí complica pra caralho.

Ela deu risada. Copland pensou que Simone conjugava o gosto pela música ao gosto pelos homens, portanto era disso que se tratava seu ecletismo, de ter que passar com desenvoltura pelo enorme espectro de pop stars que estava surgindo pela frente. Mas certamente ela gostava da música também, e tinha um jeito todo antitecnocrático de analisá-la, o que o deixava seduzido.

Quando entraram na sala de conferência, estavam todos da banda sentados nos sofás da sala de estar do hotel, falando com a imprensa alternadamente. Mas havia um sujeito que todos esperavam em fila, pacientemente, para trocar uma ideia com ele. Afundado no sofá principal do hall do Maksoud Plaza, paletó amassado de linho cru, os cabelos vermelhos enfiados num chapéu panamá branco furado, sem o cocoruto, o figura era um ex-veterano dos primórdios do punk londrino que seguia arreganhando os dentes para os repórteres, grunhindo e desfazendo das perguntas, brincando de intimidar, mesmo em evidente declínio. Pela jornada que Copland tinha acabado de atravessar, já chegara ali previamente intimidado e com fome. Olhava salivando para os croissants da mesa servida atrás da coletiva, mas tinha chegado fora de hora, não tinha tempo para comer, portanto só restava enfrentar a fera.

Simone ficou sentada num sofá na entrada, ele puxou uma cadeira e se sentou à frente do veterano punk. O rapaz apontou para a própria boca, mostrando alguns dentes incisivos podres com os dedos, e provocou um dos entrevistadores.

— Veja, é isso que os ingleses fazem com os irlandeses.

Com o salvo-conduto do crachá, e achando que não tinha nada a perder, Copland se encheu de coragem de ocasião e o confrontou rapidamente:

— Você é rico. Por que não arruma esses dentes com um dentista caro?

O astro do punk arrumou o corpo na poltrona e o fitou com algo que poderia ser definido como ódio repentino.

— Eu não sou rico. Quem diabos disse a você que eu sou rico?, berrou o cara. Estamos levantando 20 mil pratas por um show desses aqui nesses confins do mundo, pagamos quase metade disso de impostos e despesas, dividimos depois por 5. Como alguém ficaria rico com uma porcaria dessas?

O barraco que o ex-punk começava a causar no hotel chique, pelo tom de voz, já alarmava a segurança do lobby lá embaixo. Copland ficou com receio de fazer mais alguma pergunta incômoda, o ruivo parecia realmente possesso. Mas era tudo parte do teatro de arruaça, o recurso mais conhecido daquele lúmpen irlandês filho de operários.

A entrevista se desenrolou em torno dessas malcriações, e ele prosseguiu fazendo das suas. Chamou Vivienne Westwood de "vaca estúpida" e disse de seu mais assíduo parceiro em canções de sucesso que era um "babaca", não estava realmente no mundo para aliviar. "A maior parte do que vocês publicam, no final das contas, ou é sensacionalismo ou psicobaba jornalística", decretou, enquanto a entrevista se dispersava, como se brandisse um manifesto de dentes arreganhados, distribuindo frases de imãs de geladeira em profusão: "O caos é a minha filosofia". "A única energia é a raiva". "Ninguém pode viver no presente preocupado em satisfazer o futuro".

Copland tomou notas dessas frases e de outras frases-chave num bloquinho amarfanhado e notou que ambos estavam satisfeitos, o jornalista freelance com os highlines sensacionais e o antigo astro com seu protagonismo de ocasião. Puxou Simone para fora da sala, do lobby e finalmente do hotel faraônico.

O ônibus de Simone tava encostando naquele momento e ela se aproximou de Copland, deu um beijo no amigo e disse algo como "já já nos reencontramos". Foi o bastante para ele sentir o calor do corpo dela, o finalzinho do perfume já vencendo, o hálito quente e a nuca com cheiro de sândalo. Ela abriu a bolsa enquanto o ônibus da linha Morro Grande-Ana Rosa guinchava na entrada do ponto, e tirou um livro de umas duzentas páginas, novinho. Copland leu o título na lombada, *O Alquimista*, e foi o suficiente para fazer um juízo-relâmpago. "A merda é que toda a literatura do nosso tempo é de autoajuda", pensou, conformado. Lançado há apenas alguns meses, o quinto livro de Paulo Coelho já chegava perto de meio milhão de exemplares vendidos, diziam, e estava claro que não pararia por aí.

A gente se vê logo mais, disse Simone.

— Certeza, respondeu Copland com um pigarro, rezando secretamente para que ela se desse mal nessa noite na sua caçada.

UM PEQUENO NACO DE PROSPERIDADE

Havia muitos motivos pelos quais esquivava-se dos empregos fixos, formais, e nenhum deles era de natureza contracultural, pensou Copland. Mas qual seria então o grande e real motivo? Ter testemunhado um redator enforcado num banheiro do jornal, pendurado num ventilador de teto, o jornal que mais crescia nos anos 1980, poderia ter sido um dos mais macabros e convincentes. Mas Copland ponderou que o enlouquecimento individual, e ele acreditava mesmo nisso, era decorrência das inúmeras fraquezas do espírito, e que a responsabilidade pelos atos que sobrevicssem dessa condição era também uma responsabilidade individual. Não ficava chocado com as tragédias pessoais, o rapaz pendurado no banheiro pouco depois de ter recebido sua carta de demissão era apenas um dado de foro íntimo.

O que lhe causava mesmo horror era o nível dos redatores-chefes, que ele considerava uma atividade análoga à dos capitães-do-mato. Presenciara muitos sádicos nesse ofício. Conhecera um sujeito atarracado, uma espécie de Ronnie James Dio com voz de Paulo César Pereio levemente avariada por uma lixa na garganta, um cara que tratava mal os homens e berrava com as garotas para destroçar alguma possível autoestima que estivessem carregando. "Você aí, cu de pombo! Você mesmo, porra! Se não sabe escrever, porque entrou nessa merda? Tá achando que isso aqui é o Exército da Salvação?"

Havia ainda um outro, um imenso, de suspensórios, que se divertia bloqueando a saída de jovens aspirantes a repórter no elevador e outros cubículos que conseguia encontrar, e a partir desse sequestro conveniente começava a acariciar o rosto dos garotos, que não conseguiam fugir do seu assédio e penavam para driblar o cretino.

Os quatrocentões que controlavam esse negócio de imprensa mantinham os trogloditas nessas posições para fazer o trabalho sujo. O primeiro motivo era para não terem de sujar as próprias mãos, e porque eles não tinham nenhum problema em assumir as mais hediondas tarefas, as mais medonhas incumbências. Mas também porque podiam se livrar deles com relativa tranquilidade porque esses tipos nunca teriam a cara de aparecer nas entidades sindicais para pedir arrego, suas fichas nos sindicatos eram mais sujas do que o esgoto perto das gráficas que imprimiam os jornais nos quais trabalhavam.

A questão nem era de acovardamento. Copland tinha tamanho suficiente e manjava de fazer caras e bocas ao estilo de western spaghetti, uma estratégia para fazer com que temessem dele algum tipo de preparo extraordinário para o quebra-pau. Não que fosse de briga, e isso não é importante no mundo dos blefadores; o importante é que pensem que você é de briga, que é do tipo que dá um boi pra não entrar no enrosco, mas uma boiada para não sair. Para se conseguir uma credencial desse tipo, basta rosnar na hora certa, na hora em que todo mundo está rindo de alguma bravata de um chefe poderoso, e todos olham para você e você não somente não está rindo como mostra enfado com o negócio.

Era essa atitude de transformar todas as relações em relações de vassalagem que tinha tornado Copland levemente misantropo. Ele só admitia esse tipo de hierarquia de força quando era imantada por algum tipo de desforra social. Não havia muitos exemplos que ele pudesse usar para justificar isso, o único que sempre lhe ocorria era o da cantora Nina Simone, que só saía para correr o mundo em alguma turnê internacional se pudesse levar a tiracolo uma pequena criadagem particular para cuidar de si — secretário, cabeleireira, ama de quarto, etc. Como uma rainha africana de direito, ela carregava essa trupe até para suas entrevistas, e não era raro que a *coiffeuse* lhe arrumasse os cabelos e as unhas antes de começar a falar. Havia aí uma legitimidade que Copland admitia, era uma vendetta a que Doctor Simone tinha direito. Mas qualquer borra-botas adotando a mesma fleuma? Ah, isso não era tolerável.

O problema é que o operariado de onde Copland provinha não conseguia grande coisa fora dos empregos do mainstream. Uma vez teve a manha de se refugiar numa atividade periférica das editoras, a de redator de contracapas e orelhas de livros. Foi divertido enquanto durou. Ganhou até um bom dinheiro escrevendo esse gênero que uma vez alguém definiu como "os gravetos enroscados da correnteza literária". As orelhas, assinava com pseudônimos. Uma dessas virou lenda (e o levou a afastar-se da atividade): laudatória, destinava-se a dar lustro num livro menor de um jovem empresário do ramo das lojas de aluguéis de videogames. Era um negócio que estava crescendo assombrosamente. Assinou como Anthony B. Morgue. O problema é que, no momento em que o livro já estava na gráfica, o empresário, num surto psicótico, matou a mulher e o sócio, que jurava que estavam tendo um caso. Copland pediu, e a editora consentiu, que o texto fosse extirpado a tesoura dos volumes que já estavam prontos e subtraído dos que ainda estavam por imprimir. O livro, não havia dúvida, seria um êxito de um jeito ou de outro, mas um autor inventado escrevendo elogios numa autoajuda homicida não pegaria muito bem, iam acabar chegando no autor verdadeiro.

O jornalismo brasileiro sempre foi algo que se construiu no campo da prática, não da teoria. Do confronto diário nas ruas, nas delegacias, nos corredores ensebados das repartições, e levado a cabo, não raro, por figuras meio rudes, de poucas palavras, afugentadiças, até mesmo tímidas. Isso, em tese, protegeu a atividade dos aventureiros, dos picaretas que arrumavam doutoramentos em Washington ou Stanford e voltavam cagando regra sobre como deveria se orientar a imprensa nacional de acordo com um estudo qualquer sobre o USA Today ou equivalente. Nas rebarbas dessa elite, viviam os operários com suas estratégias de não morrer cedo. Uma vez Copland foi à casa de um velho repórter de 70 anos pra diante, em Osasco, e ficou na sala esperando ele buscar um café. Levantou para olhar detalhes da decoração e viu que ele sustentava um velho ar-condicionado bufante com duas estatuetas do Prêmio Esso de Jornalismo, objetos que, curiosamente, tinham mesmo formatos de cavaletes e se encaixaram à perfeição no papel.

Até onde aquilo que a gente pensa valerá alguma coisa numa atividade fundada na produção intelectual e no pensamento?, refletiu Copland, observando os cavaletes de Prêmio meio que se divertindo com sua própria disponibilidade mental para a distopia.

São Paulo tem basicamente dois tipos de bares: um que abala o equilíbrio financeiro do seu orçamento doméstico e outro que repercute no check-up médico anual, o famoso pé sujo. Mas o primeiro, no mundo em que Copland vive, é quase sempre o que se frequenta mais, pela possibilidade de ricocheteamento social que oferece — ali estão os amigos, as informações de bastidores, o pulso da cidade do ponto de vista da opinião que vigora. O outro é só no desespero, mas inventou-se, para efeitos de mascaramento social, uma terceira via: o bar de DNA pé sujo que reúne características do boteco civilizado por conta de um upgrade misterioso. Dessa forma, mesmo servindo a mesma cerveja quase quente, o torresmo com cabelos, a canja com farinha de trigo, a toalha de plástico cortada a faca como uma tela de Lucio Fontana, esse último boteco está imantado de algum tipo de congraçamento intelectual, de aceitação tácita de seus defeitos por um leque social amplo, e isso o torna uma admirável zona franca, esses Cabarets Voltaires da precariedade nacional.

Por causa desse disfarce social, tava difícil pedir alguma coisa no bar que tinha sido escolhido naquele dia. Decidido a tomar uma cerveja sozinho, Copland parou no balcão vermelho do Riviera e encarou alguns garçons com firmeza, mas somente um deles, o baixinho com cara de basset hound, aquela cara arqueada para baixo, olhos de insônia, pareceu se interessar pelo seu pedido. É sempre um risco planejar beber sozinho em São Paulo. Sem que se desse conta, alojou-se ao seu lado no balcão, como um raio, o mais tagarela de todos os divulgadores de música do negócio, Falacieu. Sua grande característica era propor debates sem que houvesse dois debatedores, somente ele mesmo. Mas era um rapaz de uma tenacidade absurda. Andava de táxi pulando de redação em redação das revistas e jornais paulistas o dia todo com cerca de 300 discos de vinil em sacolas, aliviando o peso aqui e ali.

— Gosto do falsete de bode do Raimundo Fagner. Da métrica de soluço de Djavan. Só/sei/vi/ver/se/for/por/vo/cê. Amo o discurso de Homem da Cobra de Zé Ramalho vendendo pomada milagrosa de peixe-boi da Amazônia na frente do Mosteiro de São Bento.

Falacieu era um homem grandalhão com os joelhos envergados para dentro, característica que, quando ele estava de jeans, o deixava parecendo com um desenho do Pé Grande em livro infantil. Só havia um jeito de lidar com suas convicções delirantes, e não era calar, porque ele ficava mais baboso. O negócio certeiro era mudar de assunto. Copland resolveu puxar conversa sobre um assunto que dominava as rodinhas naquela semana: a tragédia do Guns N' Roses no Monsters of Rock 1988, em Donington.

Havia 107 mil pessoas no local do show. Alguns começaram a fazer rodas de pogo na qual jogavam outros contra as grades. A banda os chamou de "idiotas". "Não se matem, porra", berrava Axl Rose desesperado de cima do palco, como se soubesse que algum tempo depois os alto-falantes do local iriam anunciar a morte de duas pessoas do público. Alan Dick, de 18 anos, e Landon Siggers, 20 anos, foram encontrados deitados sob uma camada de 10 centímetros de lama, o barro cobrindo seus corpos aniquilados.

— Do pó viestes, ao pó voltarás!, reagiu Falacieu, zombeteiro. Era só um sujeito que ralava, que trabalhava feito cavalo, mas ainda assim tinha um espírito de arrivista. Era temerário pensá-lo como um protagonista, um cara com muito dinheiro ou poder.

— Os garotos nem estavam na confusão, rebateu Copland, meio sem saber como reagir face a tamanha demonstração de falta de misericórdia.

— Morrer na frente de uma banda de rock de quinta categoria, nada mais merecido!, prosseguiu Falacieu. Esses cantores de calça de lycra e collant que acham que são Robert Plant são apenas uns derivativos de merda.

Parecia mais inútil ainda discutir com ele o sentimento de impotência frente a uma tragédia coletiva e uma novidade do rock do que a linha evolutiva do rock brasileiro. A inutilidade desses embates era evidente, mas o entusiasmo com que os amantes da música encaravam discussões estéreis era tão grande e o histrionismo tão possante que ninguém se preocupava se dali sairia coisa fértil ou não. O importante era dizer o oposto do que se disse antes, como ensinou Raul Seixas, mas com um componente extra: quanto mais veloz a mudança de rumo, melhor. Copland não seria salvo por sua disposição ao debate, que há muito já tinha abandonado, mas por uma insólita aparição: o anfetamínico taxista José Alves de Moura, o célebre Beijoqueiro, um português com um perfil meio italiano de filme neorrealista.

O homem tinha virado celebridade pelo hábito de invadir cenas públicas, em palcos, casamentos, jogos de futebol, desfiles de moda, nas quais beijava as figuras mais conhecidas do País, e do mundo. Tinha beijado Frank Sinatra, Roberto Carlos, Garrincha, João Figueiredo, Chico Buarque, Tony Bennett. O Beijoqueiro parecia ser um personagem de algum futuro paródico em que todo mundo se arriscaria a promover caçadas a celebridades em algum território movediço por pelo menos 15 minutos, ou 15 segundos. Cada novo beijo o credenciava a um próximo. E ele conhecia Falacieu — e quem não conhecia?

O Beijoqueiro se aproximou e Falacieu o agarrou com volúpia, beijando-o no rosto com um estalo, para alegria de todos no bar. O balcão urrava como se fosse um rodeio de peão de boiadeiro. Estava dando o troco, mas era uma mise-en-scène já há muito acertada entre os dois, ambos estavam à vontade nesse território. Ele parecia ofegante e não parava de balançar a perna, como se estivesse se aquecendo para um jogo.

— Vou beijar o Sting!, anunciou o Beijoqueiro em voz alta, no tom adequado para imprimir sua intenção nos ouvidos de todos no recinto.

— Ah, mas não vai mesmo!, desafiou Falacieu, como se tivesse alguma autoridade, algum tipo de arbítrio sobre aquilo. Vais fracassar, Camões do Biquinho, e virás atrás de mim para implorar por um beijo de segunda linha.

O Beijoqueiro apenas gargalhou e os dois se abraçaram, para alegria do garçom de olhos de basset hound. Copland não podia deixar de demonstrar o fascínio que sentia por aquela figura que perdera tudo, o emprego, a mulher, a vida privada para viver nessa sequiosa busca de faces famosas para deixar nelas um beijo estalado. No mundo da memorabilia que ia a leilão na Sotheby's, manter como trunfos beijos imateriais ou no máximo fotografias da dobra de baixo de jornais era uma arte que situava distante de alcançar o território da compreensão.

Antes de arrumar um transporte motorizado, Copland lembrou, já na calçada, que precisava dar uma passada rápida no Sírio-Libanês para retirar o resultado de um exame. Veio na hora certa o lance do programa de voluntariado clínico do hospital, no qual conseguiu encaixar uma consulta. Estava ótimo de saúde, mas andava encafifado com umas dores estranhas que surgiram logo abaixo do mamilo esquerdo. Não eram frequentes, mas assustavam quando apareciam de repente. Enquanto caminhava pela rampa do hospital, lembrou de um bordão de bar que sempre o divertia, especialmente quando se sentia sugado para o interior da piada: "De graça, até injeção na testa". Quando se anunciou à recepcionista, não demorou mais que dois minutos para ser chamado pelo médico, um sujeito muito corcunda e de olhar severo constante. O médico o aguardava de pé, segurando na mão direita um ecocardiograma e, sem enrolar, explicou que tinha aparecido algo preocupante no exame.

— O coração tem quatro válvulas, ele disse. Uma delas é a tricúspide. São umas pazinhas que se abrem para permitir o fluxo sanguíneo entre o átrio esquerdo e o ventrículo esquerdo do seu coração. Ocorre que você nasceu com uma válvula bicúspide. Só tem duas pazinhas. É raro.

— E o que isso significa?

— Olha, uma válvula aórtica bicúspide pode funcionar normalmente e nunca causar problemas em bebês, crianças mais velhas e adolescentes. Mas, na idade adulta, pode trazer consequências graves, como um inchaço da aorta e a infecção das válvulas. Um aneurisma. É algo fulminante. Seria aconselhável você agendar uma cirurgia. Mas antes precisamos fazer mais alguns exames.

Copland não chegou a uma conclusão com o médico. Cirurgia? Agora? Tão rápido assim? E se fosse empurrando com a barriga? Não tinha plano de saúde e não tinha como agendar isso agora. A palavra "fulminante" o deixou nervoso, as mãos estavam suando. Sentiu até uma náusea estranha subindo-lhe pela garganta, o que o fez pensar no lúgubre poema de Augusto dos Anjos.

Despediu-se do médico, dizendo que, claro, iria pensar melhor em tudo aquilo, em alguns dias voltaria para começar os exames, mas foi só passar no primeiro cesto de lixo que depositou sem cerimônia o prontuário do ecocardiograma com o logotipo de mandala do hospital. "Esqueça rapidamente. Beije vagarosamente. Ame verdadeiramente", murmurou, emendando com "médicos sempre exageram" à frase de filme dos anos 1950.

TÁ PENSANDO QUE NÓS SOMOS OS STONES?

Na frente do Cineclube Oscarito, na Praça Roosevelt, Copland tentou acelerar o passo, mas esbarrou e quase derrubou numa ombreada o arguto crítico gaúcho de cinema, LC Wertans, que se projetava para a rua. O crítico, um intelectual boa pinta de botinhas Doc Martens, que não raro recorria ao gauchês enquanto falava em forma de jorros retóricos, parecia alterado, uma expressão indignada no rosto, e não se importou com o duro esbarrão. Ao reconhecer o colega, subitamente passou a ficar mais concentrado. Mas seu trabalho agora consistia em não deixar Copland sair dali sem antes expor a origem malfazeja de sua indignação. Tinha acabado de sair da sessão de um novíssimo filme de ação, *Duro de Matar*. Nenhum dos seus colegas tinha dado a mínima ao filme, assim como os editores. Julgavam um blockbuster ordinário, trivial, um filme típico de férias que não merecia exame mais apurado. Wertans discordava energicamente. "Esse tipo de preconceito é que está enterrando as possibilidades do cinema do futuro", discursou. Copland disse que ainda não tinha visto o filme, mas perguntou do que se tratava. Wertans descreveu como se fizesse uma sinopse num guia de segundo caderno:

— Um policial meio cachorro louco de Nova York vai visitar a mulher executiva, de quem está em ritmo de separação, num arranha-céu fabuloso de uma multinacional japonesa em Los Angeles. Ele chega no meio de uma festa, mas junto com ele chega um grupo de terroristas liderado por um dândi cruel. Ele vai ter que lidar sozinho com esse pequeno exército.

— Wertans, olhando por essa sua sinopse, acho que o filme é mesmo meio ordinário...

— Aí é que está! Aí é que está!, esbravejou Wertans. E desde quando uma sinopse pode resumir uma maneira de fazer cinema? Se fosse assim, nenhum filme noir teria existido, porque as sinopses são ultraconcêntricas e algumas até tolas. Veja essa aqui, por exemplo.

Wertans apanhou o guia de jornal que carregava no bolso de trás das calças e abriu numa página determinada. Leu em voz alta:

— "*Jules & Jim*, filme de François Truffaut. Dois amigos intelectuais, um austríaco e um francês, se apaixonam pela mesma mulher. Esse amor se estende no tempo por mais de 20 anos". E então? Essa sinopse não é a própria essência do senso comum?

— Sim, encarando dessa forma, sim... Mas, LC, essa história aí da estreia que você me resumiu é o próprio filme ordinário de pancadaria de Hollywood, há milhares como esse, todo dia há um novo.

— Copland, meu querido, vou te dizer uma coisa: queiramos ou não, fazemos parte da indústria cultural. Tu podes ser um bom soldado e ajudá-la a se expandir cada vez mais ou tu podes convidar as pessoas a pensarem contigo, que é o que tento fazer.

— Bom, se você está dizendo, vou ver o filme... Mas advirto que já vou com preconceito, não tenho tanta paciência com esse tipo de produção...

— Se um filme tivesse uma única forma de ser visto, ele vinha com uma bula, um modo de usar, uma receita. O que fascina é justamente a possibilidade de o espectador ser um tipo de co-criador, pois quando é exibido o filme já não pertence mais a quem o fez.

Esse estado febril da convicção era sempre um dos elementos humanos mais interessantes da condição crítica, pensou Copland. O amigo Wertans estava transtornado, mas também transparecia paixão e energia em sua sanha de combate, era principalmente energia bruta, pura, contagiante. Para não o melindrar, Copland se deu ao luxo de sorrir por dentro, mas não alterou a expressão externa. Dividiram ainda mais alguns comentários menos argutos e então ele contou ao colega que tinha Bruce

Springsteen logo mais no Parque Antarctica, e que precisava correr para dar conta de tudo que tinha que fazer antes de rumar para a Rua Turiassu. Despediram-se e a contenda sobre filmes voltaria outro dia em outro formato, ela sempre retornava.

Ao cruzar a rua na Major Quedinho, Copland se deu conta de que estava bem na frente da casa de Chumawski, um sobrado que o crítico bandleader dividia com outros integrantes de sua banda. O portão tava sempre aberto, resolveu entrar por causa dos acordes que ouviu da rua.

— Entra, chapa, toma uma ali no balcão, disse, assim que ele abriu a porta, o Chumawski, enganchado em uma caixa de som que tinha um vaso de plantas em cima.

— Valeu, chegado. Estou só de passagem... Vou dar uma morgada na miúda aqui no sofá por uns minutos. Ouvir o ensaio de vocês. Tranquilo?

— Tranquilo.

A banda de Chumawski, que tinha tomado emprestado como nome um título de disco do ZZ Top, ensaiava ali na sala da casa dele. Quer dizer, fazia uns barulhos desencontrados, porque o baterista não tinha chegado ainda. Tocava com eles um gringo, um guitarrista extra, um alemão barulhento. O bandleader plugava a guitarra no amplificador e o cantor pendurava o microfone no lustre. O baterista chegou, e pela cara dos colegas, com duas horas de atraso. Entrou e jogou o chapéu num pufe. O bandleader se mexeu, esticando o fio da Fender Telecaster e tropeçando nos pedais, e foi duro com ele, como precisava ser. "Cara, nem precisa começar, contratamos outro baterista". O batera afastou a caixa, reaprumou o bumbo e os tomtom, encaixou o chimbal e disse apenas: "Cara, você tá pensando que nós somos os Stones?". Fez-se um silêncio de tumba egípcia na sala, e em seguida, sem nem combinar, eles principiaram a tocar uma música dos Byrds, *Turn! Turn! Turn!*, já com o baterista reintegrado.

Parecia sarcasmo aquele som, e Copland riu por dentro, para não melindrar ninguém, afinal estava de penetra ali e nem sabia mesmo o porquê. Ocorreu-lhe imaginar quais fatores misteriosos faziam com que uma banda seguisse adiante em frente em suas obsessões musicais quando o dinheiro não faz parte da equação, nenhum dinheiro. Quando há dinheiro em jogo, é realmente outra história.

Brian Jones deixou os Stones porque ele e a banda "não se comunicavam mais musicalmente", segundo o comunicado oficial. Sabemos que Jones foi demitido, assim como Rita Lee o foi dos Mutantes, mas a tese da incomunicabilidade musical é bastante factível e acreditamos nela a partir de então, estendendo a crença para todos os outros casos que se apresentassem ao longo da História. Houve um exemplo caboclo recente: já tinha um tempinho que Cazuza deixara o Barão Vermelho, e essa tese da falta de comunicação parecia completamente absorvida como a verdade verdadeira nesse caso. Mas o debate não cessava: o que levara o mais proeminente rock star de sua geração a abandonar uma banda no auge do sucesso? "O combinado foi a gente separar e continuar amigo. Mas eu senti tanto ressentimento deles nas entrevistas que eu acho melhor a gente não se ver mesmo", disse Cazuza.

Duas fotografias chamaram a atenção sobre uma estante naquela sala, destacadas em porta-retratos de moldura de gesso. Numa delas, um infante Chumawski tocava uma guitarra vermelha de plástico quando tinha por volta de 5 anos. Na outra, um casal, provavelmente pai e mãe do colega, numa foto em preto e branco, fazia um sinal de punho levantado na frente do Kremlin, em Moscou. Ambos bonitos, estudantis e sorridentes, ele com gola rolê, ela loira com cabelinho tipo Twiggy, curtíssimo, e botinha acolchoada.

Aquelas duas fotografias pareciam preencher o espaço de um documentário de uma hora e meia sobre Chumawski, muitas coisas nunca ditas, como uma trilha de Ennio Morricone, que elucidava tudo apenas com um assobio. Copland acenou para Chumawski, aquele aceno de "até daqui a pouco", porque os dois estavam sendo aguardados na Galeria do Rock logo mais, e se encaminhou para a porta de saída sem maiores resistências dos anfitriões-relâmpago.

De novo nas ruas de São Paulo, Copland expulsou de sua mente as elucubrações sobre o companheirismo no rock porque sabia que não seriam nem de perto o tema do grande encontro para o qual tinha sido chamado a participar esta tarde na Baratos Afins. O que se debateria naquela tarde inédita eram os limites éticos da atuação da crítica de rock. Quase uma gag. Os colegas tinham se mobilizado, em primeiro lugar, por conta do artigo da véspera, que continha um furibundo ataque à iniciativa humanista do Human Rights. Mas também já mencionavam, como item da pauta de discussões, a cena das bandas brasileiras e uma aguda deselegância em tratar de seus discos em artigos de destaque nos diários e revistas nacionais.

Antes da "assembleia" na Galeria do Rock, para buscar outro respiro, Copland resolveu dar uma passada na loja do Grifo, um ex-crítico de rock que tinha largado a coisa para se aventurar como empreendedor. O Grifo tinha uma característica que era celebrada por muitos e execrada mais ainda por outros: ele sempre falava por trechos de canções, se expressava desse jeito. Achava o supra-sumo da chiqueza. Detalhe: a maior parte dessas citações que ele usava como cartões de visita eram traduções de canções muitíssimo conhecidas que ele mesmo se encarregava de traduzir. A maioria era muito fácil de reconhecer, como por exemplo:

— Quando ficarmos velhos, você ainda me amará?, bradava, invocando um verso de Ian McCullough, do Echo and the Bunnymen.

Mas, quando Copland entrou pela porta da perfumaria do Grifo, ele abriu um sorriso e foi recitando algo mais misterioso e que parecia enxertado de coisas estranhas:

— Turistas têm apetite /por marofa e cocaína /ele fugiu bem a tempo /de forrar suas latrinas.

— Opa, mas o que é isso, Grifo? Deu de fazer letra de música agora?

— Sabe não? Muito me admira, você que se acha sempre tão sabido... Isso é BAD. Big Audio Dynamite. Não ouviu a música nova deles para o Escadinha, *Sambadrome*?

Escadinha, quem poderia escapar dele? Estava no Olimpo da cultura pop naquele momento. O chefe de facção do Morro do Juramento virou estrela porque tinha protagonizado, em 1985, uma fuga espetacular de um presídio brasileiro. Um helicóptero pousou dentro do pátio do presídio Cândido Mendes, na Ilha Grande, e ele simplesmente subiu e foi embora, como se tivesse chamado um táxi. Sem firulas. O comandante do helicóptero era um habituê do sistema penitenciário, fazia a ronda na região, mas o que a polícia não sabia era que ele tinha se tornado refém dos comparsas de Escadinha e a segurança do presídio nunca nem sequer imaginou algo tão ousado e espetacular. Mas, algum tempo depois, Escadinha caiu em desgraça de novo. Foi recapturado, tentou fugir, desabou de um muro, quebrou uns ossos e estava num hospital do Rio nesse momento, cercado de ratos até os ossos.

Dois ou três sortudos da crônica musical, aqueles que tinham dinheiro para passagens aéreas a rodo, conheciam a história com detalhes. BAD, o grupo britânico que sucedeu o Clash, tinha escolhido um acampamento de ciganos no Oeste de Londres, nas imediações da ponte Westway, entre Paddington e North Kensington, para celebrar entre amigos despossuídos aquilo que considerava representar uma espécie de Robin Hood tropical. Mick Jones e seus pals tocaram em um pocket show a música *Sambadrome* para alguns poucos convidados, à beira de uma fogueira. Uma jornalista brasileira, presente ao lançamento, chamou Jones a um canto e lhe disse que não tinham sido originais nessa ideia: um ano antes, um pagodeiro carioca chamado Bezerra da Silva gravara uma canção, *Meu Bom Juiz*, para pedir clemência das autoridades a Escadinha. Jones sorriu e disse que esse tal Bezerra seria uma bela aquisição para sua próxima turnê pelo Brasil dali a um ano.

— As visões socialistas da música pop entraram em muitas roubadas ao longo dos anos, desferiu o Grifo. E nada ainda perto do que farão no futuro!

Copland achou meio enigmática a profecia, não era do temperamento do Grifo dizer reacionarices. O Grifo era politizado, quase uma aberração no meio musical do nosso tempo. Quase todo mundo ou era analfabeto político ou fingia que era, para desfrutar das benesses da nova ordem sem ser incomodado. Mas o Grifo jamais deixava passar alguma barbaridade. Especialmente anfetamínico naquela tarde, ele puxou Copland pelo braço e abriu o jornal, mostrando um trecho circundado por caneta Pilot vermelha, no alto:

"Show traz o rock populista para o Brasil", era o título do artigo. Grifo começou a ler em voz alta:

"O som pop-ulista ululante está chegando. O rock sucumbiu à má consciência, este tormento da alma que cria uma zona ambígua entre um vago senso de justiça sócio-política e a necessidade judaico-cristã de se livrar de um incômodo mal-estar do espírito frente às desigualdades do homem na terra."

— Percebe o que está acontecendo aqui?, perguntou Grifo a Copland.
— Uma bobajada sem consequências, respondeu Coppie.
— Não é só isso, meu caro! Isso aqui é a semente do fascismo! A semente do Mal!

— Você não estará exagerando, Grifo? É só um artigo meio tosquera...

— Não é só um artigo, é um manifesto ideológico. Não vê? Olha aqui o que ele diz do Springsteen! E leu em voz alta de novo:

"*A grosseria vocal, musical e intelectual de Bruce 'Lee' Springsteen, com o seu 'labor look', está abaixo de qualquer registro que mereça ser levado a sério*", dizia o furibundo artigo. "*O inglês Simon Witter disse que ele labuta para atingir o status messiânico cultivando uma imagem exterior de falsa pobreza. O visual só não é falso porque corresponde à indigência do Produto Interno Bruto da criação do 'Boss' dos boçais sem bossa.* O Simon Witter que o articulista citava era então apenas um jornalista freelance que escrevia para a NME.

Grifo passou a repetir de novo o mesmo trecho do início do artigo em voz berrada:

"*O som pop-ulista ululante está chegando. O rock sucumbiu à má consciência, este tormento da alma que cria uma zona ambígua entre um vago senso de justiça sócio-política e a necessidade judaico-cristã de se livrar de um incômodo mal-estar do espírito frente às desigualdades do homem na terra.* O rumoroso artigo tinha provocado um levante.

Copland tentava se desviar dessas inflamações políticas de balcão de bar. Sua ideia sobre o assunto era que havia muito alarmismo proveniente daquilo que chamava de "agremiações políticas", e que outros amigos mais debochados chamavam de *horadopovismo*, em referência ao tabloide. "A paranoia dessas agremiações esquerdistas leva a crer que há risco de volta do fascismo, o golpismo. Ora, isso é evidentemente um absurdo: acabamos de aprovar uma nova Constituição no Brasil. E foi agora mesmo. É uma Constituição que está sendo considerada como uma das mais avançadas do mundo, apesar das figuras meio desgastadas de Magalhães Pinto e Ulysses Guimarães", proferira Copland há alguns dias, durante uma discussão com um primo que era do PC do B. "Esse Caçador de Marajás está crescendo, ele é fascista, ele pode trazer a merda toda de volta!", berrou-lhe o primo de gestos largos herdados dos italianos.

"Nada, é só um Macaco Tião. Não vai ganhar. E, se ganhar, nunca será reeleito. O Congresso e o STF têm força e legitimidade para mantê-lo em seu devido lugar", respondeu.

O Grifo compartilhava de todas essas ideias do primo de Copland mas, ao mesmo tempo em que mantinha acesa a brasa da irresignação, não gostava muito de ações coletivas, de debates.

— Você vai à Galeria?, perguntou-lhe Copland. Tá todo mundo indo, vai levantar um poeirão, brincou.

— Nem a pau, respondeu Grifo. Não gosto daqueles babacas, tudo ignorante metido a dândi.

Copland não achava um problema o cara pensar e agir como um dândi. A reivindicação de um estilo pessoal era uma marca de todo o cenário do rock'n'roll desde Little Richard. Só não adotava para si nenhum maneirismo, gostava de passar despercebido no meio da massa. Mas o Grifo não era tão aberto, e já estava na hora de retomar o passo.

Passando pelas imediações da Estação São Bento, Copland resolveu dar uma esticada até o Largo para sapear, ver se pegava algum rabicho das batalhas de break da moçada da rua. O encontro dos rappers tinha migrado para o Largo São Bento já há um tempo, depois de passar pela 24 de Maio e pela D. José de Barros. Foi há coisa de dois anos, e vingou de vez nessa arena de cimento, que virou uma coqueluche da emergente cultura do hip-hop da metrópole.

Copland mal começou a descer a escadaria e já ouviu o som sincopado que vinha dos rádios dos b-boys que dançavam em rodinhas ou meias luas na praça, com o incentivo e participação do público. O átrio do Largo São Bento funcionava como se fosse um anfiteatro natural, com os paredões de concreto acima da cabeça, falésias modernistas abraçando um novo tipo de orgulho juvenil, um orgulho que tinha seus códigos territoriais, seus rituais urbanos e fora de portas. Skate não tinha, porque a polícia estava encarapitada em todo lugar para cumprir a ordem de Jânio que tinha proibido a prática.

Coppie gostava do espírito coletivo daquelas aglomerações, da coisa de se sentirem fortes juntos, reunidos em torno de nomes como Força Break, com roupas mais coloridas do que as do pessoal do rock. Tinha mais vermelho, mais azul, os moleques usavam correntes que tinham a espessura de um polegar nos pescoços, bombetas ou lenços e bandanas nas cabeças.

Mas tava devagar o movimento naquela tarde, e ele só passava de curioso. Mas acabou ficando mais tempo quando encontrou lá, por acaso, um preto chegado que ele tinha conhecido entregando umas fitas cassete mal gravadas com umas canções feitas por office-boys e outros outsiders do centro. Era o Nino. As músicas de suas fitas não tinham conquistado Copland. Tinham títulos como *Espero que um dia todo mundo acredite em mim*, mas o elemento discursivo pareceu meio estridente demais ao crítico de rock, que gostava de metáforas, figuras de linguagem. Assim que o viu, o garoto veio logo lhe entregando um cassete novo, uma coletânea que trazia o selo Kaskata's no verso, e que, dizia o Nino, era a estreia do selo de rap de dois irmãos, dois ex-metalúrgicos de Santo André, Carlos Roberto e José Wagner dos Santos. Os dois, um torneiro-ferramenteiro e um ajustador mecânico, tinham largado a fábrica para virar apresentadores de bailes de música black nas periferias, e lançavam um novo selo naquela primavera. Nino era o divulgador voluntário.

Nino estava acompanhado de outros dois chegados, um carregador de malas do Terminal Rodoviário do Tietê chamado Kleber e um caixa do Banco Real chamado João Carlos. Kleber era DJ de rap, carregava um vinil do Public Enemy na mão e falava pouco, mas em dado momento da conversa contou que tinha um coletivo de rap com outros três chegados, e iriam gravar sua primeira canção naquele final de ano. Copland quis saber se Kleber, de uns 20, 21 anos, acreditava que aquilo poderia se tornar um ganha-pão no futuro, e ele respondeu laconicamente: "Eu sempre tenho de gritar para ser ouvido, então nós ao menos estaremos gritando de forma organizada". Já João Carlos estava mais com pinta de artista com contrato assinado, porque entregou um fanzine que continha uma agenda de shows de seu grupo, que batizara de Sampa Crew. Eles falavam de uma investida coletiva para gravar discos, coisa que ainda não havia em quantidade razoável naquela cena.

Havia apenas uma garota no largo. Ela estava mais próxima dos empreendedores do disco ali, mas só observava. Era um deserto de elementos femininos, mas Copland pensou que o cenário era igual ao da cena rocker, rindo-se por dentro, ele imaginou que, se isso persistisse, o futuro poria essas cenas musicais a se reproduzirem como faziam os anelídeos, as minhocas.

Em uma das batalhas de rimas, a garota enfim foi convocada a entrar, e ela não se fez de rogada: "Escutar o hip hop é coisa normal, entender o hip hop é onde está o mal", declamou, num verso que parecia já ser amplamente conhecido por ali. O homem do rock admitiu, em seu íntimo, uma certa dificuldade em entender essa lírica do rap.

Devia ser perto de três horas da tarde do dia 12, horário que Copland adivinhou por conta de um dos seis sinos do Mosteiro de São Bento, que tocaram no meio da levada. Tinha umas duas barracas vendendo acessórios de b-boy no pé da escadaria. Tava chegando a hora de encontrar os críticos de rock lá na Baratos Afins, era melhor começar a queimar o chão.

Ele despediu-se da moçada da São Bento e subiu a escada encaracolada de volta à rua. Pensou que estava indo a um evento de natureza ímpar. Pela primeira vez em sua breve história de pouco mais de 20 anos de existência, a crítica pop brasileira tinha marcado essa espécie de assembleia no Centro de São Paulo para discutir fundamentos de sua existência. Os que confirmaram presença foram Manfredo Sardanapalus, Little Jimi, Bob Gambione, H. Chumawski, Vincent Clemenceau e A. Copland, a princípio.

Little Jimi seria o primeiro a chegar. Era do seu temperamento não se atrasar nunca. Jimi viera para São Paulo no começo dos anos 1980 porque em São Paulo ninguém queria saber de onde ele provinha. Não importava se vinha de Bel Air ou de Muzambinho, se era cosmopolita ou provinciano, se tinha carro ou não tinha, se dormia na rua ou não dormia, se morava no BNH ou num flat nos Jardins. Esse era o espírito de época: aquilo que você podia demonstrar no combate da noite era o que o distinguiria. O arsenal de ironia, a metralhadora de presença de espírito, o senso de improvisação: tudo isso era o ouro. Na verdade, todos vieram para São Paulo com essa perspectiva de igualar o jogo. O problema era descobrir quais eram as regras de tal combate, e isso acontecia assim simplesmente porque essas regras ainda estavam em construção.

Mas a realidade era que, de todos, Jimi era o único que vinha de uma quebrada feia de Porto Alegre. A casa de Jimi, porém, era mais sólida que as vizinhas, tinha relógios de medição de água e luz, portanto não era das mais fantasmagóricas daquela rua.

Bob Gambione, por sua vez, era do tipo caroço, xarope mesmo. Curtia sua fama de plagiário contumaz na cara dura. Tinha inventado uma entrevista com David Bowie que, na verdade, era uma tradução de uma entrevista que lera na *Rolling Stone*. Mas não era só isso.

Uma das coisas das quais se gabava publicamente era de nunca ouvir um LP inteiro para fazer uma resenha dele. "Cara, ouço duas músicas e olha lá...", e gargalhava. Com base nessa amostragem, muitas vezes condenava o grupo ou o artista ao Inferno, destroçando-o. Diziam dele que era mesmo capaz de trocar etiquetas de sacolas na redação para ficar com alguma sacola mais pesada de discos de outro colega. Gambione era uma espécie de Gino Meneghetti sem coragem alguma de subir aos telhados. Naquela primavera, tinha sido ameaçado de despejo pelo senhorio por estar com quatro aluguéis atrasados. Para consertar tudo, bolara um plano ambicioso: iria plagiar três entrevistas com a santíssima trindade do rock'n'roll para oferecer às redações: Fats Domino, Chuck Berry, Bo Diddley (ou talvez Jerry Lee Lewis, ainda não se tinha decidido). Muitos desconfiaram da oferta daquele material, afinal, quem poderia imaginar Chuck e Jerry Lee atendendo a um telefonema voluntarista da América do Sul, ainda mais de um desconhecido? Mas havia um vasto território vazio na fronteira da crítica de rock naqueles tempos, algo semelhante ao Velho Oeste norte-americano dos pioneiros colonizadores, um território em que conviviam sem problemas foras-da-lei e sonhadores do futuro.

A crônica mundana de bastidores vivia lembrando de um encontro histórico que poucos testemunharam entre o figuraça Manfredo Sardanapalus e Copland, na velha Galeria do Rock, uns tempos antes. Sardanapalus, Sarda ou Sardinha para os íntimos, era o que a gente chamava de figuraça. Paletó marrom de tweed com cotoveleiras de couro de um marrom um tom mais escuro, era tão medroso do futuro que contam que guardava boletos quitados de água e luz por décadas, com medo de lhe cobrarem de novo. Sarda parecia angustiado e paranoico quando entrou na loja, olhando os pés dos interlocutores insistentemente. Sardinha era um crítico da geração mais acadêmica, daqueles que têm o hábito de falar com as mãos enlevadas, uma sobre a outra, à frente da barriga, como um frade cartuxo. Não escrevia de orelhada: tinha defendido teses sobre cantores dos anos 1940, estudava a fundo a linha evolutiva da bossa nova, e ainda por cima era meio pão com banana: não consumia nada, nem bebia, nem jamais fora visto no Carbono 14 depois das 2h. Com a mão empapada de suor, puxou Copland a um canto do balcão de discos usados e lhe sussurrou no ouvido: "Rita Lee mandou me matar!". Se era para ser sussurro, não se sabe, só se sabe que deu para ouvir o Sarda até na London Calling. Copland, de bate-pronto, pensou tratar-se de um surto. Era um homem cordial, mas paranóide, embora aquilo estivesse bizarro uns dois tecos acima. "E por qual motivo ela mandaria te matar? Você tem provas disso?". Ele então tirou uma fita de secretária eletrônica da bolsa de couro e um gravador pequeno de metal niquelado, bonito, que parecia bordado a ouro. Colocou a fita no aparelho. "Meu fã-clube sabe onde você mora, canalha! Você não vai sair impune dessa!". A voz era mesmo de Rita Lee!, Copland pensou um minuto, ouviu mais duas vezes a gravação, coçou o lóbulo da orelha esquerda e sorriu: "Cara, se a Rita Lee está mesmo tentando te matar, ela deve ter um bom motivo e a cidade certamente vai celebrar!", disse, para aumentar a angústia de Sardanapalus e engrossar a mitologia de uma comunidade. Ninguém desconhece essa historinha.

Quando Copland passou pela porta da Galeria do Rock, ao apurar a vista, viu a uns 200 metros à sua frente alguém que achou familiar. Reconheceu imediatamente a figura esguia de Clemenceau. Ambos já subiam pela velha escada rolante que rosna, mas o francês já estava no topo e Copland ainda estava chegando ao primeiro degrau. Não parecia educado gritar. O destino de todos era a loja e o selo de um ex-farmacêutico minucioso e vibrante, Luiz Calanca, uma espécie de Malcolm McLaren dos despossuídos. Todos os músicos independentes, de um jeito ou de outro, chegavam até Calanca para tentar convencê-lo a que ele os ajudasse a concretizar algum projeto que tinham abortado no passado, gravar algum disco que a indústria não queria. Naquela tarde mesmo, encontraram ali no balcão, conversando com o Calanca,

Catalau e Kiko, da banda Golpe de Estado, acertando alguma coisa sobre seu disco de estreia, e Sandra, das Mercenárias, ouvindo o papo.

Clemenceau recebeu Copland efusivamente, os primeiros a chegarem. Na espera de um quórum mínimo, ao menos uns quatro, o francês desenterrou uma história que tinha na ponta da língua. Contou de uma noitada que tinha protagonizado no Rose BomBom, um club de chão xadrez na Rua Oscar Freire, e de como conheceu em pessoa o cantor do Echo and the Bunnymen, Ian McCullough, e tinham ficado bêbados juntos. Clemenceau sempre tinha um depoimento de testemunha ocular de algo. Uma vez falou de um encontro que teve, andando de bike no Ibirapuera, com a estrela de *A Sétima Profecia*, Demi Moore, no início da década. Ela era então uma estudante que fazia intercâmbio e veio parar justamente na casa do Guilherme Isnard, vocalista do grupo Zero.

Não demorou muito para juntar todo mundo no Calanca. Encarando seus colegas de ofício, Copland passou a tentar equacionar uma questão novíssima: que característica aqueles críticos teriam em comum? A primeira, evidente, é que quase todos usavam em seus textos torrentes de palavras como *clean, cool, hard, soft, heavy*, e estavam crentes que a sua condição ali naquela São Paulo vibrante e aconchegante dos anos 1980 era provisória, de passagem. Portanto, um sacrifício que tinham que tolerar. Acreditavam piamente que, em um estalo, se converteriam em frontmen de alguma banda de rock lendária, ou pelo menos de new bossa, e a imortalidade tinha reservado pra eles um assento reclinável na janelinha da fama. Muitos nem sabiam tocar um instrumento, nem sequer distinguiam os sons de um órgão e de um piano, mas conheciam intimamente seu destino iminente de glória. Enquanto isso não se consumava, entretanto, nenhum problema; contentavam-se em encarnar algum híbrido sorocabano de Jim Morrison com Jean Baudrillard e escrever artigos baratos para editores que não faziam ideia do que significavam seus anglicismos. Muitos usavam calças de couro marrom e cabelos rockabilly e se encontravam com frequência na fila lateral da casa de shows para agarrar seus ingressos de cortesia. Nessas ocasiões, guerreavam para afirmar superioridade ou supremacia uns sobre os outros, em diálogos cheios de sarcasmo, na luta diária pela demarcação dos territórios ou simplesmente para tentar disfarçar a embriaguez precoce conquistada na noite vazia em algum bar da Avenida dos Bandeirantes. Evitavam conversas com as escassas mulheres postulantes à sua privilegiada condição, coisa raríssima. Evitavam também confraternizar com os colegas críticos de samba ou de MPB.

E havia ainda um terceiro tipo de crítico nesse contingente, aquele que não queria ganhar dinheiro nem ser astro, mas apenas chegar o mais perto possível de um ídolo. Chumawski era o mais ousado dessa espécie. Tinha premeditado tudo durante meses, talvez anos. Quando Jimmy Sommerville entrou em cena com o Bronski Beat, no único show que fizeram no continente em toda sua carreira, ele deu mais de uma carteirada, surrupiou credencial de backstage e tudo para conseguir se postar estrategicamente do lado esquerdo do palco. Sommerville não teve tempo de saber o que tinha acontecido. Enquanto cantava *Smalltown Boy*, viu um vulto assomando pelo lado do baixista, passando à frente deste e se aproximando. Então, quando deu por si, o sujeito que pulara na sua frente no palco segurava a sua cabeça com as duas mãos e lhe tascava um sonoro beijo na boca.

Vivia-se um tempo na indústria musical em que o jabaculê ditava as regras na possibilidade de êxito dos grandes grupos de pop e rock, que por sua vez deviam obrigatoriamente sujeição às grandes companhias de discos para garantir essa possibilidade. Para aparecer alguns minutos no Programa do Chacrinha e tocar em uma rádio como a Jovem Pan, que tinha 1,5 milhão de ouvintes, uma banda precisaria dispor de, no mínimo, US$ 50 mil em cash (cerca de Cz$ 1,35 milhão). Só as grandes gravadoras tinham tal poder de fogo, e isso resultava num funil bem perverso. A atividade de crítico ou jornalista do pop, nesse contexto, também ficava bastante sitiada por uma outra circunstância: a precariedade dos astros do rock do momento. Como ganhar a vida reproduzindo as besteiras de estrelas como as do RPM, que tinham integrantes que tomavam uma garrafa de Jack Daniels por dia, cheiravam uma carreira de cocaína a cada 3 minutos e meio e que eram inimputáveis pelos veículos pelo fato de terem vendido 2,5 milhões de cópias de um disco?

Luiz Calanca, o proprietário (e anfitrião involuntário) do local da reunião, só pensava o seguinte: o que vinham fazer ali esses atravessadores da grande imprensa? Era como se viessem tentar se purificar do seu trabalho de alta contaminação, livrar-se dos esporos espaciais que grudaram neles durante a permanência no espaço infinito dos negócios de avaliação de sucessos pré-moldados. E ainda por cima, porra, mexiam em todos os vinis e bagunçavam a ordem alfabética. Calanca deu instruções rígidas aos invasores: poderiam ficar, mas ninguém podia ficar encarapitado na escada para procurar discos nos armários mais altos e ninguém poderia apoiar os cotovelos nas estantes de discos. Isso dito, voltou para o balcão para atender os clientes, mas no final das contas dava mostras de que estava gostando daquilo, sabia que era o lugar certo mesmo.

— Alguém chamou o Tinhorão?, perguntou o francês.

— Tinhorão? Esse cara aí não é aquele do bumba-meu-boi? Chato pra caralho?, resmungou Chumawski. Puta nego rabugento da porra!

Gambione tinha chamado, contou, mas o velho não tinha nem ouvido. Desligou o telefone duas vezes na cara do Bob.

— Chuma, você é contra a cultura brasileira? O que há de errado em estudar o samba, os cocos, a chula, o choro?, perguntou Clemenceau.

— Nada, não há nada de errado. É que o velho é marxista. Aí eu não perdoo.

Os dogmas de um homem, afinal de contas, podem render debates que não terminam nunca, porque doido contra doido dá rebu. Então, naquele exato momento, todos concordaram que era melhor não ir além daquele ponto com o Chumawski, ele não daria o braço a torcer e havia coisas mais urgentes a colocar na mesa. Nenhum dos profissionais que militava na área do texto de música naquele período ignorava que já batia na porta do seu tempo uma incipiente nova cena musical tentando botar a cabeça para fora d'água, impulsionada pelo sucesso de uma nova mídia: o compact disc. O chamado CD, pela primeira vez, estava ultrapassando em vendas o velho vinil, condenando o antigo formato de comércio de música ao museu. Os críticos também não fingiam desconhecer que havia ainda um esforço vigoroso de alguns expoentes de nosso gueto para afogar essas cabecinhas que surgiam, especialmente as cabeças do rap e da música para dançar, viesse de onde viesse. Sentiam-se ameaçados.

Copland, em tom informal, contou que tinha acabado de passar pelo Largo São Bento e que tinha ficado muito impressionado com o vigor da cena do hip-hop que vinha se estabelecendo ali. Sardanapalus o olhou com uma expressão que misturava enfado com desprezo, mas somente bufou de forma arrogante, e não disse nada.

— Será que o futuro da música não é isso mesmo? Um monte de fitas tocando bem alto com três caras berrando bobagens?, disse Bob Gambione, que já tinha escrito esse seu ponto de vista em um artigo que fez de frila para um influente diário paulistano.

— É trabalho de colagem, de estúdio. O sampling é a rapina de algo já perpetrado em vinil. O círculo hip-rap só funciona no estúdio e, no máximo, no night club, passando pelo rádio. No palco, é o fracasso absoluto, disse Sardanapalus, recostado num pôster do Velvet Underground nos fundos da loja, e sua ênfase era a de alguém que estivesse farto de dar opinião sobre algum tema.

Copland, empolgado com a eloquência do colega, reuniu forças e fez um quase-discurso:

— Vai chegar um momento em que vamos discutir o que é montagem e o que não é. E, se as pessoas não souberem discernir o que é montagem, como saberão mais adiante o que é humano e o que não é? Vai chegar um momento em que colocarão modelos de passarela para fingirem que cantam. E, se não faz diferença, para que resistirá o humano? O que ele valerá? Para que o sentimento?

Fez-se um silêncio engraçado na loja, e um senhor de guarda-chuva que tinha chegado perguntando de um disco da Carmélia Alves não resistiu e deu uma conferida após ouvir a parte final.

Por um inexplicável alinhamento de fatores astrais, uma atmosfera de futuro arrombando a porta estava se insinuando por todo lado em São Paulo naquela primavera. Numa casa recém-inaugurada ali em Pinheiros, a Dama Xoc, um salão gigantesco que tinha abrigado nos anos 1940 um antigo cinema, e na qual cabiam umas 5 mil pessoas, tinham anunciado há alguns meses o desembarque de uma bossa eletrônica, a acid house, uma onda que trazia consigo também uma nova droga sintética, o ecstasy. Uma pílula que prometia êxtase coletivo, mas que não era para bolso raso: era moda importada de Ibiza e do verão londrino, e cada cartela custava algo em torno de 40 dólares.

Foi nesse clima e nessa onda que tinha aparecido naquele verão europeu o Bomb the Bass e seu hit protoeletrônico *Beat Dis*. O que era aquilo? Como recepcionar aquilo? "Turntables are musical instruments", profetizava o grupo da novidade na capa de uma publicação que rodava de mão em mão, a *Music Technology*. Bomb the

Bass era uma antevisão da produção descopyrightizada, para dizer o mínimo: o cara que tinha composto a música, um produtor de 18 anos chamado Tim Simenon, tinha chupado uma linha de *Feel It*, do Funky Four, uma faixa de proto-hip hop lançada em 1983 pelo selo Sugar Hill Records, que não achou a menor graça no "empréstimo" e meteu um processo no garoto. Os produtores ingleses podiam perder até as cuecas no embate.

De vez em quando, para trazer a discussão a um nível de realidade imediata, de contato pop com a vida comum, alguém lembrava algum fenômeno nacional recente e pedia a opinião dos outros. Na novela *O Outro*, da Rede Globo, um ano antes, começara a tocar uma música chamada *Kátia Flávia*, de um carioca excêntrico de óculos e gestos de feirante chamado Fausto Fawcett. Agora, um ano depois, aquele troço ainda estava tocando alucinadamente. É um rap? É um pombo sem asas? É um avião?, provocou Bob Gambione.

— Ficam esperando dos críticos de música que eles se manifestem sempre sobre todas as novidades musicais, que espalhem vereditos sobre as invenções do último verão. Mas, e se o cara achar que todos os outros já estão fazendo bem o seu trabalho, que não precisa se meter?, resmungou Sardinha.

Copland arriscou um chiste. Disse que encarava os fenômenos sazonais da música da mesma forma que as inundações ou os tornados no Sul do País: eram simplesmente desastres ambientais. "As seguradoras e os críticos de rock estão isentos de indenizar as vítimas dessas coisas", brincou.

Sem conseguir causar uma reação bem-humorada dos interlocutores, como esperava, resolveu engatar uma mais séria. "O hard rock é o fenômeno mais forte ainda. Não existe essa coisa de avanço de uma música eletrônica, isso é forçação", prosseguiu Copland. "O Top 15 da *Billboard* tem Def Leppard, Poison, White Lion, Iron Maiden, Robert Plant. Confiram. Não tem como sustentar essa de decadência, isso não está acontecendo", discursou.

— O problema são esses malditos intelectuais de jornal!, bradou Chumawski, sempre habitando aquela fronteira de quase-reaça, quase gênio. Vivem decretando a morte disso, a morte daquilo, nascimento de outra bagaça. Levam a sério um monte de farsante. Acho até que isso é culpa do Lou Reed, foi ele quem iniciou isso quando começou a dizer que ambicionava aproximar o rock da arte, fazer rock para um público adulto, andar de mãos dadas com o Delmore Schwartz. Aquela baboseira de "E se Raymond Chandler escrevesse uma letra de rock?". O resultado é esse, essa praga de roqueiro querendo citar Rimbaud, copiando mal os versos de Blake e Yeats, imitando simbolista francês. Só pode ter sido o Lou Reed, prosseguiu Chuma, aquele maldito ordenhador de poetas suicidas!

Sem a mínima capacidade de organização, de eleger um árbitro isento para encaminhar as "questões de ordem" típicas dos grêmios estudantis, os juízes da música popular iam desperdiçando e dispersando seus enunciados e arrazoados, embora nem todos fossem de se desprezar. Mas, para alívio de quase todos ali, a pequena — e, ao que se sabe, única na História do mundo inteiro, assim como a última — convenção de críticos de rock tinha começado a desmilinguir naquele momento. Qualquer movimento em direção à política, notava Copland, amolecia o ímpeto do debate. Os mais cartesianos e os de espíritos integralistas não demoraram a dar sinais de contrariedade.

— Isso aqui está muito disperso. Viemos até aqui para discutir os abusos, os excessos dos caras que escrevem no mesmo espaço que a gente, só que com absoluta irresponsabilidade, falta de respeito com questões diversas. Mas vocês vão para a digressão o tempo todo! Parecem os isentões da guerra franciscaetana!, bufou Sardanapalus.

O que ele chamava de "guerra franciscaetana", permitam recuperar isso, tinha sido uma carniça que rolara cinco anos antes, em 1983. Naquele ano, a bolha de opinião pública da classe média ilustrada nacional tinha assistido impassível à maior contenda (*presuntamente*) intelectual de nosso tempo. Tinha acontecido um arranca-rabo estelar entre Caetano Veloso e o colunista Paulo

Francis devido a uma entrevista que Caetano fizera com Mick Jagger para o programa Conexão Internacional, da TV Manchete. Em função da imantada influência de ambos àquela época, pouquíssimos intelectuais toparam entrar publicamente na briga tomando partido ("Olha, não me meto em briga de baianos", ironizou o cartunista Millôr Fernandes, saindo pela tangente). Preferiram a sempre confortável neutralidade no embate, mas as repercussões daquilo na consciência de nosso grupo tinham sido muito profundas.

Paulo Francis, ao assistir à entrevista de Caetano com Jagger, disse que ele adotara uma postura oba-oba, de submissão e prostração frente ao ídolo. Caetano não gostou nadinha. Retrucou com virulência, chamou Francis de "bicha amarga" e "boneca travada". Francis voltou à carga e o enfrentamento acabou virando um daqueles rolos de gato das histórias em quadrinhos, em que só se veem os xingamentos, os dentes rangendo e as pernas e braços em postura de ataque e um fuzuê no lugar onde deveriam estar os corpos. Ao longo da década, esse furdunço entre Francis e Caetano sempre voltava às páginas dos jornais e revistas, extrapolando o limite do debate civilizado em larga escala. Até que foi arbitrado um cessar-fogo compulsório, um recurso novidadeiro do inexistente Superior Tribunal do Jornalismo Cultural, e que ainda hoje é impossível determinar de onde partiu.

O limite elástico de liberdade de expressão dada a Paulo Francis em qualquer de suas desinteligências, por conta de sua incontestável presença de espírito, verve e calculada empáfia, exerceria, ano após ano, uma imensa influência numa geração de escribas do jornalismo. Alguns surgiram na esteira de seu sucesso, almejando brilho parecido; outros, arrivistas profissionais, estavam de olho na crescente inviolabilidade do seu salvo-conduto, sua inimputabilidade mágica.

No mundo artístico, os que se posicionaram na briga o fizeram com raro clubismo, viraram tifosi de intelectual. O cartunista Henfil, por exemplo, que tinha sido colega de *Pasquim* de Francis, mandou logo uma paulada: "Fico com Paulo Francis. Pela sabedoria, pelo compromisso com as outras pessoas e pelo seu orgulho de ter sido preso por suas ideias, enquanto Caetano se envergonha disso. Caetano diz que não lê jornais, mas é capaz de citar o dia e página de qualquer jornal que tenha falado dele, mesmo que seja a Gazeta de Nanuque", golpeou o cartunista. "As sete faces de Caetano ressoam mais em mim do que a cabeça de papel de Paulo Francis", disse o cantor e professor José Miguel Wisnik. "Gosto também do comportamento de Caetano. É agressivo com a sociedade. Aliás, como o meu", disse o centroavante Casagrande, do Corinthians, no que seu colega de time discordou, Sócrates afirmou que nem Caetano nem Francis eram articulistas que influíam no seu modo de ver e pensar o mundo. "Que país mais chato esse, em que os inteligentes brigam e os burros andam de mãos dadas", afirmou o publicitário Washington Olivetto.

O desbunde reivindicava predomínio sobre as preocupações dos anos 1980. Tinha sido tempo demais vivendo nas sombras e com medo. Mas, de qualquer maneira, a música popular, que tanto marcara a década anterior nos tempos do regime militar, seguia se constituindo em uma interface interessante para a vida política nessa década. Podia tanto elevar quanto desmascarar, enlevar ou arruinar, dependendo da circunstância. Em uma de suas várias intervenções, Clemenceau lembrou de um fato marcante que acontecera no começo do ano: em março, na 19ª edição do Festival de Viña del Mar, no Chile, a cantora peruana Marcela Mache Sanchez viveu uma curiosa e inédita situação: ao defender, como concorrente ao prêmio máximo do festival, sua canção *No me vas a hacer el amor*, Marcela causou a fúria do homem forte do Chile, o general Augusto Pinochet, que mandou desclassificar a cantora. A razão era extramusical: o refrao da música repetia 36 vezes o estribilho NO, NO, NO, que era o slogan popular para o referendo que rejeitava uma possível reeleição do ditador chileno. A simples repetição da palavra NÃO, contam testemunhas, fez Pinochet soltar fogo pelas narinas, colérico. A ditadura contra-atacou e arrumou uma acusação de plágio contra Marcela, proveniente de uma cantora chilena, Jacqueline Cadet. Era, obviamente, uma farsa, e o país todo sabia. Mas o júri não se deu por vencido: inventou uma premiação de Rainha do Festival para Marcela Mache, e quem teve de entregar foi justamente a prefeita de Viña del Mar, a pinochetista Eugênia Garrido. A atmosfera de insubordinação ganhou ares ainda mais atrevidos quando o vocalista da banda norte-americana Mr. Mister, Richard Page, tirou um papel do bolso antes de cantar e leu a seguinte mensagem: "Quero fazer uma saudação aos artistas ameaçados de morte. Os artistas do mundo todo estão com vocês".

O relato sobre a situação chilena deixou a assembleia uma fração de segundo sem ação e sem "gancho" para prosseguir no foco do debate. Mas não demorou para a lábia dos debatedores voltar azeitada.

— É o que eu digo: as conquistas da democracia não têm recuo histórico possível. Todo o resto é paranoia!, rugiu Chumawski.

— Olha, não tenho nada a dizer sobre democracia, não conheço a dinâmica histórica disso. Mas tenho uma coisa a dizer em relação a essa coisa de plágio... Nunca reconheço plágio em peças musicais que têm propósitos completamente distintos. Claro que copiar é uma facilidade, não é algo que eu aprecie ou defenda. Mas quando as canções habitam esferas distintas, crescem em ambientes diferentes, com públicos também distintos, acho uma besteira perder tempo com esse debate, esboçou Copland.

— Música é mais uma questão de sobrevivência psíquica do que de criatividade ou invenção!, prosseguiu Chumawski, subitamente inflamado, discursando ao redor de um núcleo argumentativo que só ele mesmo dominava.

— Do ponto de vista do vodu, quem tem mais poder: o idiota em cima do palco ou a fã anônima que recorta seu bonequinho? O mundo já acabou, rapeize! Estamos em 1988, mortos vivos em pleno apocalipse, de dentro pra fora, e a música pop é a maior benesse ou o pior castigo, dependendo do que você faz com ela, ou vice-versa.

Por conta da incomunicabilidade da reunião, Copland foi empurrado, de novo, para um território introspectivo de hesitações, e lhe ocorreu fazer comparações classistas entre os colegas e ele mesmo. Volta e meia, acionava essa balança. Por exemplo: sabia que todos os críticos ali eram bem viajados, ou pelo menos fingiam bem. Alguns tinham dinheiro, sempre muito farto e generoso, para ir buscar discos de vinil na Inglaterra no verão, e por isso exibiam um background mais alentado do que outros. Quando buscavam fazer valer seu argumento com mais autoridade, recorriam a depoimentos de viagens e festivais fabulosos na gringa, o que sempre funcionava entre pares.

Copland só tinha viajado uma vez para o Exterior, naquele mesmo ano. Ainda estava pagando o Mané Doleiro, cambista que lhe vendera os francos franceses em troca de alguns cheques pré-datados para a viagem. Mas tinha sido um sacrifício especial: embarcou somente para poder ver Serge Gainsbourg, seu grande ídolo, no Le Zénith de La Villete, no 19º Arrondissement, à beira do Canal de l'Ourcq. Gainsbourg já não estava nada bem àquela altura: tossia, bebia e fumava no palco, e lia as letras de suas canções no monitor no chão enquanto grunhia seus versos. Cantar seria uma palavra generosa para definir o que Serge fazia àquela altura em cena. Ele tremia ao segurar o microfone e andava pelo palco como se fosse cair.

Serge Gainsbourg sempre teve um senso de humor meio calhorda. Naquela noite, foi machocêntrico em seu sarcasmo relativo à menstruação feminina e na reverência à banda ianque de rapazes que o acompanha. Usava umas calças deselegantes e com uma barriguinha de jogador de bocha, o que levou Copland a imaginar qual o trunfo que seu ídolo possuía que incendiou de paixão musas como Jane Birkin e Brigitte Bardot, deusas que o amaram.

O Serge Gainsbourg que Copland amava já não existia mais em toda a extensão de seu visionarismo naquela noite de 24 de março de 1988, e isso lhe pareceu uma perda irreparável. Pelo estado físico de Gainsbourg, seu avançado alcoolismo, era evidente que ele deveria ter sido interditado muito antes daqueles três últimos shows, mas ainda assim cantou inacreditáveis 26 músicas em uma hora e 50 minutos.

Ver a autoimolação de Gainsbourg em cena, em uma época de tantos códigos éticos, trouxe uma série de indagações à mente de Copland. Ele achava que Gainsbourg tinha que ser visto como era de fato: um poeta e um intelectual de maus modos. O eterno "homem sujo da música popular" francesa. Ao mesmo tempo, Copland ainda o via como uma baliza — uma força paradoxal a ser debatida em um tempo de bom-mocismo militante e de disseminação da arte de autoajuda em quase todos os quadrantes.

A simples presença de Gainsbourg no mundo, acreditava Coppie, tinha um sentido político revolucionário. Ele se batia contra uma sociedade moralista, hipócrita, cheia de interdições, especialmente em relação ao sexo e à sentimentalidade. Sua música se negava ferozmente às negociações, aos acordos.

Quase toda a arte quer salvar o mundo atualmente. "De qualquer maneira, eles não podiam mais sair/A única solução era morrer", berrava Gainsbourg ainda nos ouvidos de Copland, cantando *Bonnie and Clyde*, exegese romântica de um tempo em desaparição.

Copland ficou com a mão na nuca durante um tempo, como se estivesse fazendo uma compressa em si mesmo. Era algo que fazia quando estava se sentindo deslocado no mundo. Copland sabia que não tinha sarcasmo veloz o suficiente para ser um dia aceito no mundo dos bem-postos de seu tempo. Havia parâmetros para isso, e Bisso, com o perdão da rima, era um dos maiores parâmetros. Bisso era um ator, cenógrafo, figurinista, artista gráfico, cantor, produtor e promotor de espetáculos argentino muito paparicado pela intelligentsia metropolitana, apesar de atuar no limiar de um bestiário de preconceitos e preconcebimentos de elite. Agora mesmo, ele estava com um espetáculo no l'Onorábile Societá, um lugar camp, com falsas colunas gregas, ali na região da 9 de Julho, no qual imitava cantoras e cantores negros, um Al Jolson sem noção cantando e mimetizando Ella Fitzgerald, Billie Holiday, Ray Charles, Stevie Wonder, Bessie Smith, entre outros. Bisso dizia, tranquilamente, coisas do tipo: "Ray Charles não canta aqui porque não consegue encontrar o piano". Sabia-se que eram deselegâncias, mas ele tinha tanto carisma e tanta presença de espírito nas festas que tudo era imediatamente perdoado.

Entretanto, deixar que suas origens viessem à tona em uma conversa banal era algo que Copland evitava. A última vez que tinha passado pelo seu bairro de infância tinha sido no dia 5 de outubro, quando a Constituição tinha sido sancionada. Na casa do Tio Alvinho, ouviu pela tevê o portentoso discurso do velho Ulysses Guimarães, que parecia apontar para uma Nação ideal, fraterna, protegida por dispositivos pétreos de uma ordem de legalidade e respeito. "Há, portanto, representativo e oxigenado sopro de gente, de rua, de praça, de favela, de fábrica, de trabalhadores, de cozinheiros, de menores carentes, de índios, de posseiros, de empresários, de estudantes, de aposentados, de servidores civis e militares, atestando a contemporaneidade e autenticidade social do texto que ora passa a vigorar. Como o caramujo, guardará para sempre o bramido das ondas de sofrimento, esperança e reivindicações de onde proveio", discursava o veterano político. Ali, em Ermelino Matarazzo, como nas periferias de uma São Paulo bruta e indiferente, pouco daquilo que ele falava parecia factível ou insinuava uma nova era de esperança nas forças da política, mas o discurso do velho, em si, era cheio de fé e estilo. "Político, sou caçador de nuvens. Já fui caçado por tempestades. Uma delas, benfazeja, me colocou no topo desta montanha de sonho e de glória. Tive mais do que pedi, cheguei mais longe do que mereço".

O único velho amigo das antigas que tinha reencontrado era o Gerson, hoje um próspero vendedor de peças recondicionadas de motor de carro. Ele pareceu um tanto quanto alarmado quando Copland entrou em sua loja. O aparecimento, no verão passado, de Max Headroom, um personagem biônico que invadiu a tevê, deixara Gerson assustado. Max Headroom, na real, não existia. Era só uma cabeça falante, um jornalista virtual de cabelo gomalinado que entrevistava pessoas de carne e osso, uma figura eletrônica que parecia anunciar um futuro de ficção científica, distópico e pessimista. Alguns passaram a enxergá-lo como um tipo de replicante, um substituto do humano, o início de um processo de desertificação das habilidades criativas e intelectuais orgânicas. Para os cultores da dialética das novas tecnologias, Max Headroom chegou até a ser incluído em um vasto cardápio de novidades da relação entre o homem e a tecnologia, algo inexorável e não necessariamente excludente com o impulso humano. Tratava-se de um espectro "em busca de uma zona espectral, um vácuo, uma zona fantasma de algo que não é explorado ainda, que é o efeito estético daquilo que é veiculado pela comunicação."

Gerson perguntou se o amigo não temia Max Headroom, se não se preocupava que essa tendência de colocar apresentadores e entrevistadores eletrônicos sumisse com todos os empregos do jornalismo num futuro próximo. Copland riu do temor do velho amigo, que sempre foi meio supersticioso.

— É evidente que jamais surgirá um computador que substitua o cérebro humano, disse Copland, de um jeito sério, ao amigo. Essa porcaria aí é só um brinquedinho, um bibelô de televisão com a mesma função de um boneco do Muppet Show.

Foi com as lembranças da sua vila que Copland deixou a Galeria do Rock.

OBJETOS NO ESPELHO ESTÃO MAIS PRÓXIMOS DO QUE PARECEM

Copland estava de pé há tanto tempo que nem sentia mais as solas, estavam amortecidas, era como se tivesse pisado em brasas. Anestesiadas pela dor, era sinal de que não cairia mal agora recorrer a um busão, ao menos para vencer a subida da Consolação, e havia uma linha que seguia para o Aeroporto de Congonhas, passando pela Paulista, bem ali na frente.

O ônibus freou como se fosse varrer todas as pessoas do ponto, e ele subiu rápido, era o primeiro da fila. Sentou e ficou esperando todo o resto entrar. Foi quando viu uma garota franzina chegar correndo esbaforida e entrar com um par de patins nas costas. Copland viu que estava vaga uma cadeira ao lado da garota e sentou-se lá. Ela sorriu:

— Caramba, o único crítico de rock que conheço que sabe onde fica o Masp!

Copland já conhecia bem esse senso de humor ferino. Celly Fontanilha era a própria imagem da independência entre os críticos de artes visuais da cidade. Estudaram juntos na PUC, e Copland, em vez de retrucar, evocou os velhos tempos:

— Assim como a gente tem medo do novo, há gente que tem medo do antigo!, declamou.

— Eu defenderei até a morte o novo por causa do antigo e até a vida o antigo por causa do novo!, respondeu Celly, também em um ritmo de embolada nordestina.

— O antigo que foi novo é tão novo quanto o mais novo novo!, finalizou Copland. Ambos riram como se ainda estivessem no Corredor da Cardoso. Aquele jogral era um excerto de um texto do poeta, tradutor e ensaísta Augusto de Campos, algo que tinham encenado para o seu TCC universitário lá nos primórdios.

— E aí, pra onde você tá indo?, perguntou Copland.

— Estou indo para o Pavilhão da Bienal. Vou ajudar um amigo artista que está montando sua instalação lá. Brodagem.

— Mas isso não torna as coisas difíceis para você? Depois vai ter de escrever sobre a exposição e tem um amigo ali expondo, alguém que você até ajudou a montar a obra...

Celly pareceu incomodada com a pergunta, mas se isso aconteceu foi só por um pentelhésimo de segundo. Ela logo recuperou o autocontrole e a verve:

— Eu nunca escrevo sobre obras de amigos, seu traíra! Pularei essa também, e acredito que isso não me torne parcial para analisar o todo, ela bradou, chamando a atenção das pessoas nos bancos em volta. Ela não se incomodou com os olhares e prosseguiu com a mesma veemência, Mas, em geral, isso que exigem da crítica cultural nunca tem equivalência na exigência que fazem em relação ao sistema jurídico, por exemplo. Juízes e advogados mantém estreita relação sanguínea, de negócios, de alpinismo jurídico, e ninguém, absolutamente ninguém, se preocupa em pedir o impedimento desses caras. Morrem afogados em togas e dinheiro. Mas é só a gente tomar uma cerveja com um amigo artista que já vira suspeita para sempre, passam a cochichar teu nome sempre que você aparece numa vernissage.

Copland sorriu amarelo. Conhecia a amiga, não carecia de ter iniciado esse papo de suspeição. Ela tinha se tornado, em pouco tempo no métier, uma notável ensaísta das novas sensibilidades artísticas, além de romper com o compadrio do setor. Nas megaexposições paulistas, ela costumava fazer a cobertura diária de patins. Uma exposição quilométrica pedia um jeito menos estafante de andar por ela, uma forma mais eficiente e autônoma.

Celly Fontanilha era de uma valentia sem tamanho. Recentemente, tinha respondido a um dos decanos da crítica de artes brasileira:

"Há uma imensa quantidade de obras em si precárias que se disfarçam no conjunto, esse sim esfuziante, de uma exposição de arte contemporânea. A maioria dessas instalações que se dizem "pós-modernas" são apenas a expressão de uma paródia. Desde Duchamp, essa malta se serve de matéria-prima pré-existente para, supostamente, deslocá-la da sua função utilitarista, criando algo que chamam de poesia. Mas, na verdade, é apenas a escorchante manifestação de uma esperteza circunstancial, algo que só faz sentido nesse tempo, nessa época, nesse retrato", escreveu o veterano num dos maiores diários da metrópole.

Ao que respondeu a crítica de patins:

"Com o advento da fotografia, do cinema e do vídeo, que conseguem representar com eficiência a realidade — sem desmerecer a pintura, a escultura, o desenho -, a partir daí os artistas ganharam mais liberdade, mais tempo e espacialidade. Com a liberdade, veio também o descondicionamento: já que o problema da representação do real estava solucionado, que tal criarmos agora obras com vida e respiração próprias, ao invés de ficarmos sempre mimetizando a realidade? Muita gente acha que a arte é só o figurativismo, mesmo o abstrato. É isso que o mercado espera. Mas, para mim, essa balela do que é arte e do que deixa de ser não me interessa mais. Interessa o jogo que eu possa criar a partir do estudo, da pesquisa, da experimentação, da invenção."

Sem demonstrar nenhuma mágoa pelo que Copland tinha deflagrado ali naquele curto papo de busão, Celly entregou uma filipeta de uma vernissage na mão do amigo que se preparava para descer. "Aparece lá, o vinho é bom!". Ele sorriu e guardou o papel no bolso da camisa.

A Bienal de São Paulo funcionou a vida toda como um anteparo das ambições metropolitanas da pauliceia contrapostas às suas fundas contradições — tipo Flash Gordon descendo com seu foguete num forró de pé de serra, pensou Copland. Ficou famosa a história de quando, nos anos 1950, os montadores da Bienal de São Paulo tiveram que retirar às pressas, de um caminhão atolado na lama do parque, a lendária tela *Guernica*, de Pablo Picasso. Com uma gravatinha borboleta e o paletó aberto, Walter Gropius, o rigoroso arquiteto da Bauhaus, caminhara pelo gramado daquele Parque Ibirapuera dando uma entrevista. Seu rosto e suas expressões, emprestados de uma mistura insólita de Cary Grant com Flávio de Carvalho, ficaram nublados quando ele deixou sua famosa advertência para o futuro:

"Se vocês já têm problemas com uma cidade de 2 milhões e meio de habitantes e cento e cinquenta mil veículos, imagine quando o número de automóveis for maior, ou maior a população? O crescimento de cidades como São Paulo, Belo Horizonte e outras cidades brasileiras é selvagem."

Mas Gropius já morrera havia 20 anos e ninguém dera ouvidos ao seu alerta, como nunca dariam. São Paulo continuava sonhando em alcançar o céu e inaugurava outra mostra ambiciosa. Dessa vez, tinham proposto aos artistas que detectassem, no ambiente urbano, os signos e elementos que ofereceriam material para uma reinterpretação da realidade. O grafite, a comida, o trânsito, os jogos eletrônicos, os arranha-céus, os neons. Uma peça publicitária nos pontos de ônibus citava Proust: "As grandes viagens de descoberta são menos a ida a terras novas do que novas maneiras de ver o mundo".

O festival do século estava quase para começar, uma garota de microssaia o aguardava e o caminhador Copland sabia o que fazer. Desceu na Praça do Ciclista e embicou com determinação os seus pisantes para os lados da Pompeia, a meca do rock paulistano, berço dos Mutantes de Arnaldo Baptista, banda que surgiu ali num sobrado da rua Venâncio Ayres. Era um passado recente meio esquecido naquele instante. Nos anos 1980, tínhamos a sensação de que new wave e o pós-punk tinham deixado desabrigado o sonho psicodélico das duas décadas anteriores, assim como alguns de seus personagens mais proeminentes. Era um novo tipo de orfandade, uma coisa meio pós-apocalíptica.

Passando por um sobrado alaranjado, um cara grande, encurvado e com nariz de batata encostado no gradil da varanda berrou seu nome de uma forma engraçada:

— Hey, Copperfield!!!

Copland também já sabia quem era que gritava. Nos anos 1970, esse cara tinha sido um dos nossos predecessores mais inquietos. Multitalentos, não apenas tocava mesmo numa banda boa, que tinha gravado um disco cult no banheiro de sua própria casa, mas também pintava e fazia histórias em quadrinhos underground, a maioria delas inspiradas em gibis como os *Freak Brothers*, de Gilbert Shelton. Fazia as pranchas originais dos desenhos com arte final em cartolinas gigantes. Gil Goma era um exilado engraçado: fugia de tudo que fosse evento público, mas ao mesmo tempo estava sempre informado sobre tudo que acontecia nesses eventos, como se tivesse olhos e ouvidos em todo lugar.

Aparentemente superado pela nova ordem, Gil resolvera viver numa espécie de limbo público: uma garagem abaixo do nível da rua na Pompeia, que alugava de uma tia generosa em troca de serviços, tipo office boy — fazia a feira pra ela, ia ao mercado, consertava canos quebrados. Ali mesmo, na garagem, ainda mantinha um fã-clube de Frank Zappa e vendia originais dos desenhos que fazia. De vez em quando, ressurgia em um lançamento de disco, uma estreia de show, mas logo desaparecia de novo. Fez uma ponta num filme de Rogério Sganzerla, uns anos atrás. Tocou contrabaixo numa performance de Tom Zé num bar em Pinheiros, entre outros feitos.

"Toda banda nova é saudada como se o mundo estivesse sendo criado nesse momento. As pessoas vão começar o mundo de novo, vão acreditar que tudo foi inventado agora, e qual é o problema? Só eu poderia criar restrições? Seria justo, mas qual seria a utilidade disso?", disse Gil em uma entrevista a um fanzine que distribuíam nos Sescs.

Do que Copland conhecia, não se podia decretar que Gil era um tipo de desistente; provavelmente, era apenas um realista radical. De vez em quando, Copland passava pela sua garagem para ouvir algumas de suas reflexões, como talvez os aprendizes subissem montanhas no Tibete no passado. Mas dessa vez pensava em passar batido, quando foi surpreendido por Gil.

— Entra, meu chapa! Eu tava enrolando unzinho. Tá a fim?

— Não, Gil, estou tranquilo. Tô indo ao show da Anistia.

— Anistia? É alguma campanha do Serviço de Proteção ao Crédito? Me arruma uma carona nessa bocada aí?, ironizou o amigo. Os dois riram juntos do esculacho.

A casa-garagem de Gil tinha um sofá que também era cama, uma mesinha com uma máquina de escrever em cima, uma jarra de água em forma de abacaxi, uma estante com discos de vinil de cima até o chão, uns velhos pôsteres de HQs pelas paredes. Copland estava quase se arrependendo da visita, Gil poderia retê-lo por mais tempo do que dispunha, mas aquele era um cara que também poderia fornecer alguma luz em momentos de encruzilhada como esse que Copland acreditava estar atravessando. Gil perguntou o que ele andava escrevendo, se tinha destruído a reputação de alguma banda iniciante de playboys, qual era sua última controvérsia pública que lhe tinha arrumado inimigos figadais.

— Assim como o carvalho é fundamental para o amadurecimento dos vinhos jovens, uma polêmica é algo crucial para o desenvolvimento de um crítico de rock, dizia ele.

Copland sempre evitou as polêmicas brabas. Tinha por si que corroíam o estômago, causavam úlceras, traziam vodu para a vida cotidiana, e isso não podia trazer nada de bom. O público dessas rinhas de gladiadores desaparecia rapidamente, e sobravam apenas os rancores, os processos, as maldades. Mas sempre lhe cobravam isso, polêmica, e uma vez ou outra caiu nessa esparrela. Certa vez, bateu boca em um programa de debates da TV com um linguista uspiano que o corrigiu quando usou o termo "massivo" para se referir a um sucesso do Cure, *Boys Don't Cry*.

"Isso é um desses anglicismos que tornaram nosso idioma um clandestino em seu próprio país. O certo é

MACIÇO! Em português não existe o adjetivo massivo. E o correto é fim de semana, e não final de semana. Nosso português está virando uma língua moribunda por causa de gente como você," lhe disse o professor, em tom de reprimenda. "Eu vos pergunto: por que se diz sempre que o criminoso confessa, quando na verdade ele ADMITE seus crimes? Uma pessoa faz ANOS, não aniversário, como se costuma escrever nos jornais."

"O senhor é evidentemente um beletrista ultrapassado!", vociferou Copland. "A língua está em movimento, algo que esses seus joelhos artríticos não conseguem entender. As palavras que usamos nos bares, nos inferninhos, nas ruas, é essa a matéria-prima da música popular que o senhor despreza de onde nascem versos e poemas que alcançam lugares que seus compêndios de estante não alcançam. São com essas palavras que descobrimos como falar sobre o mar, o vento, a chuva, as estrelas, as pedras, o cachorro, o sapo, a formiga. Coisas que todo mundo conhece do dia a dia, mas que podem se transformar em outras quando pulsam com a vida."

Acontece que o velho era pai do diretor de jornalismo daquele canal, além de tradutor de livros de literatura brasileira para o alemão e para o inglês. O diretor de redação não gostou do tom que Copland usou para falar com seu pai, detestou principalmente o "artrítico", e mandou que o colocassem numa lista de personas non gratas da emissora. Os produtores do programa, seus amigos, é que lhe contaram da tal lista.

Copland deu um tapa no baseado de Gil e levantou rapidamente, saindo para a porta. Gil o saudou com umas duas batidas na testa com a lateral do punho, como se preparasse porradinhas, a bebida de boteco em que se mistura vodca com refrigerante de limão e se cria uma efervescência com uma batida com o lado da mão fechada no copo.

De novo na rua, Cop ficou pensando naquela desinteligência que teve com o velho linguista na TV. Ele jamais responderia a uma coisa tão pouco incendiária como aquela em situações normais de pressão e temperatura. Mas naquele dia estava levemente alterado pela cocaína. Tinha dado uns *tiros* no banheiro do Espaço Retrô, numa festa underground, e o pó o deixava com esse ímpeto meio agressivo às vezes. Não usava muito, mas de vez em quando fazia umas incursões pelo território dos indutores.

Nisso, ele era também um pouco old fashion. As drogas estavam mudando de perfil na cidade. Além da novidade do verão, o ecstasy, a heroína estava se estabelecendo com alguma personalidade e o star system brasileiro começava a encarar problemas que seus inspiradores anglo-saxões já tinham enfrentado havia décadas. O abalo mais forte veio com a prisão de Arnaldo Antunes e Tony Belotto, dos Titãs, em 1985. Mas o mundo do rock nacional também tinha sido balançado pela prisão estrepitosa, em um aeroporto, de Paulo Ricardo, do RPM, em 1986.

O caso dos Titãs foi um acaso desafortunado. Aconteceu o seguinte: ao atravessar a ponte Cidade Jardim em um táxi, o guitarrista, Belotto, foi parado em uma blitz da polícia. Ao ser revistado, foi preso em flagrante e conduzido à delegacia para ser interrogado. Na pressão, foi obrigado pela polícia a dizer de quem tinha conseguido a droga. Ele apontou o vocalista e compositor, e a polícia prendeu Arnaldo em seu apartamento com 128 gramas de heroína, enquadrando-o como traficante. Belotto pagou uma fiança de 400 mil e foi solto. Arnaldo, sob pressão da polícia, disse que tinha comprado a heroína no domingo anterior na danceteria Rose Bom Bom, mas o dono, ao ser procurado, riu: "Nós nem sequer abrimos aos domingos".

O advogado de Arnaldo, Marcio Thomaz Bastos, o melhor da cidade, argumentava que a heroína não tinha sido vendida, e que Arnaldo no máximo podia ser enquadrado como dependente. O promotor, por sua vez, um homem inflexível de convicções conservadoras arraigadas, argumentava que o ato previsto no Código Penal se referia a "prover, dar, proporcionar" droga a outra pessoa. Começaria um período de penoso degredo para o artista, para a banda, para os seus admiradores, para o conceito de autogestão e civilização.

Mas o fato é que a heroína tinha voltado ao centro do debate do showbiz, após seu período de reinado no jazz norte-americano. Boy George tinha caído primeiro na Inglaterra, recolhido ao rehab, mas isso foi café pequeno perto da história do Ministro da Indústria e Comércio da Rainha, cuja filha fora a uma festa do herdeiro da cervejaria Guinness na qual havia brown sugar a rodo, e ela não viu o dia nascer, a tragédia revelou outros adictos, como o milionário Marquês de Blandford e outros bagres. Por conta de sua desenvoltura no mercado, não demorou a chegar também ao star system brasileiro, e já causava um estrago considerável em sua primeira temporada tropical.

Copland teve alguns amigos pessoais que foram tragados pelos Paraísos Artificiais. Mas eram poucos os que tinham condições de se acabar nos estimulantes da moda, eram caros. O que pegava mesmo era o álcool. Aí era generalizado. Ele, particularmente, encontrava o seu alçapão de personalidade na cocaína, que não era um hábito, apenas um blind date que acontecia de vez em quando. Não podia abusar.

São Paulo tem disso. Ou você desaparece ao se misturar a ela sem possuir uma âncora, ou você some dela. Pode ser uma maldição, mas também uma bênção, depende de como se dosa a entrada em seu hiperespaço. O território da música é um lugar onde não há meios-termos, só extremos.

Claro, também é da música que surgem iluminações. Há pessoas que, quando são atingidas pelo poder transformador das canções, mudam tudo, vendem as tralhas, partem para uma vida na Chapada Diamantina ou dos Veadeiros, alugam um motor-home e passam a viver na estrada ou vão dedicar-se a criar bodes no Sul da Bahia. Mas há muitas outras que têm verdadeira adoração pela música, demonstram real conhecimento da produção de artistas de ponta, cultuam rock stars com conhecimento cronológico de sua arte, mas em quem a música não processa alterações. Alguns se tornam vilanescos, pouco solidários, virulentos, agressivos com os vizinhos, a mulher e os filhos, truculentos com aqueles que considerarem concorrentes.

Copland conhecia bem uma pessoa desse último grupo. Chamava-se Worcman, e tinha sido seu chefe durante um breve período numa revista emergente de música que tinha uma rica sede na Marginal Pinheiros. Worcman era carioca, mas parecia paulistano desde sempre, porque vivia para o trabalho, para fustigar os subordinados, era workaholic e não gostava de praia nem de sol. Tinha a mania de arrematar a frase da gente antes que a completássemos, o que deixava Copland especialmente fulo. Tinha o rosto nodoso e um olho murcho. Sua relação foi curtíssima: foi o único chefe na vida, e o último, a quem Copland mandara tomar no cu publicamente, durante uma discussão na redação da revista.

Worcman e Copland tretaram por conta de uma discordância em uma resenha de um disco de um grupo de músicos negros. O crítico realçava a conexão profunda do grupo com seu compromisso racial, sua consciência étnica, seu crédito histórico.

"Preto não precisa ficar dizendo que é preto em letra de música", vociferou Worcman. "Basta ser preto, essa já é a sua bandeira. Isso aí é uma tremenda bundamolice sua, ficar enfatizando essas merdas."

Outra característica de Worcman que enfurecia Copland era essa: executivo de alta hierarquia que sabia usar termos de rato de praia. Bundamolice, paudurescência. Isso o tirava do sério.

O artigo que causou a briga com Worcman fora escrito dois anos antes e tratava de um disco de um grupo de Brasília chamado Obina Shok, formado por rapazes negros filhos de diplomatas do Senegal, Gabão e do Suriname. Eles gravaram uma música do Gilberto Gil (em parceria com o tecladista Jean-Pierre Senghor e o guitarrista Henrique Hermeto), *Africaner Brother Bound*, que chamou a atenção de Copland pela cristalinidade da mensagem de combate ao apartheid e de afirmação racial.

Copland não embarcou na onda de tratar com certa ironia a mistura world music do Obina Shok, com reggae, salsa, juju music, soca, funk e música popular brasileira. Buscou enfatizar aquilo que o Obina Shok trazia de advertência contra o racismo, sua "corrente apartheidiana", como definiu Gilberto Gil. Havia elementos objetivos para apontar essa faceta. Jean-Pierre Senghor, co-autor de *Africaner Brother Bound*, era neto do poeta e libertador do Senegal, Leopold Senghor; Roger Onanga Kedyh, 26, guitarrista, baixista e também compositor e arranjador, vinha do Gabão, onde liderara o grupo Black Gold. "Estamos abrindo o Brasil para a África", dizia Kedyh. O terceiro estrangeiro do grupo era o baterista Winston Goun, 27 anos, do Suriname. Foi muito antecipador o som do Obina Shok, que pegava a linha evolutiva desenvolvida por Manu Dibango, Fela Kuti e King Sunny Ade, expoentes africanos.

Acontece que o antigo chefe era conhecido por espezinhar, não era de manter o foco e a argumentação apenas na esfera profissional. Resolveu achincalhar o subordinado.

"Você é só um pobre suburbano de coração de novela!", bufou Worcman, encastelado por uma mesa entulhada de fitas VHS, livros que ele nunca leria e CDS que funcionavam como uma barricada. Bufou como se falasse para si, mas sua intenção era borrifar o veneno.

Copland estava meio longe, mas ouviu. Não só ele, todos ouviram. Sentiu o sangue ferver como em raras vezes, e sabia que o que estava para fazer agora poderia até colocar em risco todo o futuro de sua atividade, mas sentiu o bafo do foda-se queimando em suas orelhas como nunca tinha sentido antes e abandonou todas as setas de segurança. Virou-se e começou a atravessar a grande sala em direção à mesa de Worcman, que se refugiou atrás da sua barricada. Os jornalistas que trabalhavam no local foram abrindo uma clareira no seu caminho, enquanto ele seguia tão velozmente que era como se um cavalo passasse trotando em um campo de trigo. Com um só braço, Copland derrubou tudo ao chão, lançado VHS até o outro extremo da sala, no jardim de inverno. Subiu na mesa de Worcman e inclinou-se até o nariz do oponente, berrando:

"Seu merda de aluguel, escute bem! Você só está nessa porra desse lugar por ter se especializado em fazer o trabalho sujo. Não tem talento nem para limpar a latrina desse buraco. Estou me demitindo nesse momento, e vou até aquela bosta da minha mesa pegar minhas coisas. Mas você fica aqui mesmo. Se tentar mexer um músculo, volto aqui e te arrebento em tanto pedaço que será difícil para os legistas te reconhecerem depois."

Caminhou resolutamente até sua mesa, pegou uma sacola, encheu de tranqueiras, agendas velhas, um Jim Morrison de durepoxi, uns tickets velhos de metrô, e atravessou de novo a sala silenciosa, até chegar à porta, de onde mandou o chefe tomar no cu. Worcman não teve coragem de pegar o fone e chamar a segurança pelo PABX, ficou no mesmo lugar onde Copland o paralisara. Teria adorado ver o rapaz sendo escoltado para fora aos safanões, mas medrou.

O que pegara tão forte para causar tal reação de Copland, a única em sua carreira, talvez mesmo em sua vida inteira? Talvez o "suburbano" na frase sarcástico do chefe.

Copland tinha vivido sua infância em uma extremidade paulistana, na longínqua Ermelino Matarazzo, numa casa de um tempo quase rural no bairro que se erguia de frente para os fundos da antiga fábrica de vidros da Rua Cisper. Ele tinha boas lembranças e um orgulho especial dali: era da fábrica onde seu pai trabalhara a vida toda que saíam as garrafas na qual colocavam as cervejas Brahma que se vendiam pela cidade.

As pessoas vêm de lugares recônditos para lugares amplos para se encontrar, se projetar, e muitas vezes voltam para lugares recônditos algum tempo depois para se preservar, se proteger. Se proteger do excesso, da polifonia, do medo de se tornar outra coisa. A verdade é que não há o que encontrar e não há do que se proteger, a pessoa sempre estará exposta a si mesma seja onde for.

Copland interrompeu nesse momento suas lembranças, deixando no pause o instante revivido em sua memória perpendicular. Reviu claramente o monumento de sua infância, o interminável muro dos fundos da fábrica, que tinha cerca de um quilômetro de extensão, mas era baixinho, dava para pular e brincar no gramado. Os meninos o chamavam de Muralha da China. O céu era mais azul, o trem demorava mais, mas isso não importava: ele, o pai, o irmão e as irmãs nunca precisavam ir ao centro, todos trabalhavam e estudavam ali mesmo. O pai trabalhou 40 anos fabricando vidro.

Com o tempo, o bairro cresceu e a Muralha da China da Rua Cisper virou um depósito informal de lixo. As pessoas das imediações iam depositando primeiro sacolas, móveis velhos, restos de comida, dejetos. O lixo começou a formar pilhas ao longo da calçada do muro serpenteante, as pilhas debruçavam-se sobre o asfalto. A companhia de limpeza chegou a tirar 40 toneladas por semana. "Matei um rato desse tamanho", contou uma vez dona Joana, uma de suas vizinhas, à tevê, fazendo a circunferência de uma bola de basquete imaginária com as mãos. Alguns moradores botavam fogo nos restos, o fogo calcinou o muro, empretejou. Uma noite, desviando do lixo, dona

Severina não viu a moto virar a esquina em alta velocidade e foi atropelada. Morreu no hospital Ermelino. "Vi o sangue dela nos sacos de entulho", lembrou dona Joana.

Quando criança, Copland lembrava de ser levado pelo pai para pescar no Rio Capivari, que carrega praticamente sozinho a reputação de último rio limpo de São Paulo. Naquela extremidade da Zona Leste, vivia-se ainda em uma espécie de fronteira permeável: quando passava para o lado de cá, da grande metrópole, havia vagalhões de new wave britânica tocando, gêneros nascendo, expressões novas nos muros da cidade, nas galerias, vozes novas se anunciando, minorias falando mais alto. Quando passava para o lado de lá, era como se um mundo ainda rural, cheio de códigos da cultura caipira ou do Nordeste ou dos ribeirinhos, da vida em contato com a natureza, permanecesse intocado a apenas uma ou duas horas de Jeep. Isso parecia reforçar a ideia de que, no futuro, só restariam essas duas opções, esses dois destinos — o extremo veloz e o extremo congelado no tempo -, e que escolher um dos dois poderia se tornar a diferença entre viver ou desaparecer.

Mesmo crescendo ali no coração do lúmpen proletariado, Copland não era do tipo que se podia dizer portador de uma consciência social. Tinha medo de se tornar sensato demais, pânico do excesso de lucidez, da ponderação endoidecedora. Tinha horror a quem relativizava até fábulas, quem buscava ver qualidades adicionais na lebre e na tartaruga além da velocidade e da tenacidade. Achava que tinha perspicácia para distinguir as coisas, conservava certa fé nisso, não queria se sentir sobressaltado com a convicção de um ativista ou com a palermice dos alienados. Preferia pensar nos valores absolutos de verdade e independência como balizas de sua trajetória. Engraçado pensar que sua demissão se deu por uma quase acusação de "politicamente correto". Ele até concordava com grande parte dos amigos numa coisa: aquele ano de 1988 tava forçando a barra em impor o que ele considerou "muletas conceituais". Há alguns meses, entrou em debate vulcânico na imprensa brasileira, um ambiente que sempre ecoa as emergências norte-americanas com algum delay, o termo "politicamente correto". Sua primeira abordagem saiu em um artigo de um escritor sem expressão em um dos diários de grande circulação, e eram os jornais que inseminam os germes da moda nessa estação.

O politicamente correto foi rechaçado imediatamente. Foi recepcionado como uma estratégia de policiamento ideológico e camisa-de-força pelo desconfiado sistema da razão pública, com artigos indignados dos velhos lobos-de-imprensa encastelados nas páginas dois dos jornais. Falavam que era um tipo de vacina para o complexo de culpa do primeiro mundo para expiar suas posturas históricas em relação aos negros, aos gays, às minorias, aos mais pobres. Que era só uma postura na qual se abrigava principalmente indulgência e relativismo, um produto da "inteligência panfletária americana, esse curioso estado mental que transforma jovens obcecados por uma consciência política em paladinos da Justiça e das causas justas em um terreno fértil para a imbecilidade coletiva".

Evidentemente, por causa de nossa consciência tradicionalmente subalterna e letárgica, o combate de origem patronal a essa novidade virou regra. O aplicado Worcman era um desses vigilantes, e cumpria com prazer sua nova tarefa. E olha que o termo politicamente correto era uma expressão bem antiga, na verdade. Mas ganhou força nos Estados Unidos num momento de discordância nacional principalmente neste fatídico ano de 1988. Até então, era usado com uma conotação também irônica por ativistas do movimento negro, pessoas de esquerda, feministas e membros do movimento estudantil, que não botavam fé nele. As pessoas começaram a chamar umas às outras de politicamente corretas como uma piada, para chatear quem agia com muita retidão ou quem se dava muita importância. E ninguém queria se tornar galhofa a bordo de uma coisa que parecia fadada ao escracho.

Depois, nos anos 90, deixou de ser um termo usado apenas por minorias. Foi quando a nova direita passou a usar o termo para criticar principalmente professores e acadêmicos em universidades, dizendo que eles eram radicais em suas falas no campus e que quem não seguia essas regras era hostilizado e punido. Tinha uma implicação política, os professores eram acusados de ensinar ideias radicais e de esquerda, que poluiriam a mente da juventude americana. Outro termo que começou a ser usado foi "marxismo cultural".

O que tinha acontecido com a velha e boa pancadaria para resolver as questões mais cabeludas? Copland acreditava, principalmente, que não era possível agir no presente se preparando para alguma inevitabilidade do futuro. Era seu mantra, sua pedra filosofal, e ele rechaçava até os pensamentos mais razoáveis em torno das atitudes antidistópicas. Uma vez, uma amiga muito sensível e ponderada lhe disse algo muito razoável:

"Não compartilho da sua confiança para com a humanidade, Cop. Tem um tipo de cara por aí, muito jovem ainda, que eu tenho observado todo dia pela cidade. Olho com preocupação. Note, você também o verá. É um cara que olha para a cidade pela janela do carro em movimento, com uma expressão de desprezo profundo, talvez até mesmo nojo. Tem nojo das pessoas, da cidade, da alegria, do movimento, da natureza. Simplesmente despreza. Se tem poder, dedica esse poder quase que exclusivamente a fustigar, perseguir, humilhar. Bota fogo em sem-teto com galão de gasolina na calada da noite e tem prazer em jogar lata de cerveja e embalagem de snack em santuário ecológico. Eu temo que esse tipo de gente, um dia, se torne maioria... É preciso combater isso, se preparar para isso, Cop..."

Ao que Cop respondeu com um carinho de professor aposentado:

"Isso é paranoia, baby. Essa criatura é minoria absoluta, vai se esconder a vida toda atrás da sua maldade e sua voracidade destrutiva. Não deixaremos nunca que se torne preponderante, essa possibilidade não existe."

Só o que o incomodava de forma mais aguda era o que chamava de "contorcionismo conceitual", os termos que definiam ondas sociais. "Isso ainda vai nos conduzir para um belo abismo", pensava Copland. Via com naturalidade os malucos que armavam emboscadas para skinheads no Largo do Patriarca, que quebravam dentes de nazistas em mesas de bar no Ipiranga. Gostava das maluquices dos kamikazes culturais da noite, como o Julio Barroso. *Sabendo que era proibido pisar na grama, deitou e rolou.* Mas não é que o maluco inventou de dormir no parapeito da janela e escorregar da cama do 11º andar do apartamento onde vivia, na Rua Conselheiro Brotero, em Santa Cecília?

Aquilo que impulsiona as grandes aventuras da música acontece, na maioria das vezes, por um extraordinário acaso. David Bowie passeando de limousine às três da manhã pelo Sunset Boulevard, em 1975, viu um sujeito arrastando-se pela calçada em estado lastimável. Parou, abriu o vidro da limousine e era Iggy Pop, e ele o recolheu e nasceu ali parte da pulsão de renascimento dos anos 1970. Puro destino. Ou então, dão-se os grandes encontros em que nada acontece, mas que fazem todo o sentido.

O OUTONO DO RAJNEESH

Tinham combinado de se encontrar na Cristal Pizza por volta das 19h, e essa altura Copland precisava se apressar para encontrar Simone.

Atravessando uma rua mais deserta, ouviu seu nome berrado sem equalizador de som, estridentemente, e viu que era Farinelli, indesejado dos indesejados, um amigo que era repórter policial, que o chamava da calçada oposta como se tivesse um megafone nas mãos. Já chegou falando pelas tabelas, contou que estava finalmente de volta dos Estados Unidos, tinha arrumado os dentes e estava concluindo o doutorado na USP. Era professor universitário agora, regurgitou, algo que lhe abriria as portas das vantagens de ser servidor público concursado. Avisou que enviaria, a partir daquele reencontro, todos seus alunos em época de TCC para que Copland lhes relatasse suas façanhas como crítico de música, ao que Copland assentiu para não melindrar o cara.

Copland nem mesmo sabia porque era tão fraternal com Farinelli. Ninguém mais era. Vasco Farinelli era um antidândi. Tinha um pivô mole na parte frontal superior da boca. Conforme conversava com as pessoas, se queria afligi-las ou deixá-las enojadas de propósito, ele forçava o pivô mole com a língua, dentro da boca, e ficava fazendo o dente "dançar" enquanto conversava ou tomava Coca-Cola litro. Ainda assim, era seu amigo.

— Você ainda mora naquele pulgueiro?, perguntou Farinelli debochadamente.

— Chame de palácio, Farinas... Não de pulgueiro. Ali sou amigo do rei.

Somente uma vez Farinelli tinha ido visitá-lo no seu apartamento no Copan. Era raro irem à casa um do outro. Mas a impaciência e o desconforto do visitante eram tamanhos que ficava falando sempre perto da porta de saída, como se já planejasse uma fuga de emergência.

O sarcasmo de Farinelli não incomodava Copland. O doido amava trocadilhos presumivelmente eruditos e adorava escandalizar as pessoas mais suscetíveis com suas tatuagens de símbolos que dizia satânicos (contava que era satanista de carteirinha). Mas era má ficção, uma de suas tattoos era somente um aleph, a letra hebraica que representa, na verdade, Deus. Seu ódio era mais perigoso. Quando ficava enfezado, parecia que saboreava o desprezo com requintes de ruindade. Confessava planos de emboscar a pessoa para humilhá-la publicamente, aprontar trote violento no edifício onde o inimigo vivia e também dizia que faria rituais de vodu para apressar o embarque do detrator para o inferno, algo que contava ter aprendido durante uma cobertura no Haiti. Após presenciar alguns desses ataques de fúria, Copland passou a ter um pouco de medo dele.

Farinelli costumava enviar vinhos e garrafas de champanhe para delegados de polícia conhecidos, em seus aniversários ou casamentos de familiares, e conhecia destes os gostos pessoais e handicaps. Um desses delegados, por exemplo, colecionava miniaturas de carros. Uma vez, Farinelli contou que chegou até o Distrito Policial e, ao adentrar a sala do delegado, o policial viu que ele trazia um grosso volume sob o braço. O delegado, que ele julgava sem senso de humor, puxou o volume. Era *O Homem Sem Qualidades*, do Robert Musil. O delegado disparou: "Escreveu uma autobiografia?". E ambos riram muito.

Até meados dos anos 1980, sua misoginia não destoava tanto do ambiente de época, estava na média. No final, começou a se tornar doentia. Fundia-se aos aforismos baixos que inventava: "mulher rica e bonita preocupada com a questão social ou é falta de pica ou é falta de pau".

Logo, ficou insuportável o leque de perversões que tinha acrescentado ao cardápio: zombava de pessoas com deficiência, destilava racismo com assombrosa desenvoltura. Lançava suspeição de homossexualidade sobre todos aqueles que queria descredenciar de alguma forma para formar seus juízos. Mais estável, tinha conseguido amealhar algum dinheiro como ghost writer, e passou a consumir coisas de luxo, relógios e joias.

Paradoxalmente, Copland o admirava. Considerava que, malgrado não exercer o ofício, Farinelli era o crítico de música de juízos mais aguçados daquela geração. Potencialmente, era mesmo. Mas tinha se tornado setorista de porta de cadeia e isso o definira inapelavelmente.

Usava um all star vermelho o tempo todo, e era absolutamente fascinado pelo guitarrista do Police, Andy Summers. Com o tempo, foi mudando de ídolos com frequência: Ritchie Blackmore, Angus Young, até mesmo The Edge. Como almejasse ser guitarrista, praticava incessantemente e colecionava acessórios; pedais, afinadores, suportes, correias. E as próprias guitarras. Orgulhava-se de ter adquirido numa loja de Miami a guitarra de dois braços que um dia fora tocada por Jimmy Page.

Mas agora Farinelli parecia mais calmo e até compassivo. Tinha algo a mais a dizer, saboreava alguma novidade, e Copland ficou esperando.

— Coppie, eu me casei! É uma gata!

Tirou uma foto da carteira ensebada e mostrou. Parecia que tirava dali um bilhete premiado da Mega Sena. A mulher era realmente bonita, parecia uma princesa de ópera asiática. Contou que era a filha de uma milionária do setor de cosméticos, tinha conhecido em uma festa e a garota se encantou com sua erudição sem edição e os segredos do mundo de celebridades que ele carregava consigo. Nada era mentira, embora houvesse exageros. Cultivava fontes que lhe contavam coisas assustadoras. Um funcionário do Maksoud Plaza descreveu como Freddie Mercury teria sido assistido por um médico para que, sem condições de injetar uma droga nas veias estouradas do braço, pudesse introduzir a substância por meio de um supositório no rock star para que ele conseguisse cumprir uma agenda mínima de contrato.

Um de seus orgulhos era que tinha se tornado confidente do papa do LSD, Timothy Leary. Quem lhe tinha arrumado o contato, curiosamente, tinha sido Copland. Foi assim: uma vez, Copland tinha colocado uma declaração entre aspas de Timothy Leary em um texto, e se surpreendeu quando Farinelli foi lhe pedir, embaraçado, para lhe fornecer o telefone daquele pensador. Aquilo seria o passaporte para sua glória, garantiu, excitado. De posse do número, ele acabou desembarcando na casa de Leary nos Estados Unidos, fez fotos ao lado da cama do papa do LSD e conseguiu até que Leary fosse orientador em alguma tese que fazia.

Correspondente Júnior em Miami por um ano ou dois, Farinelli ligava de lá com frequência para conversar com Copland sobre a vida na Flórida. Aproximou-se de milícias anticastristas para poder fazer matérias de denúncia indemonstráveis contra o regime cubano, amplamente apreciadas nos jornais liberais do mundo todo.

Copland lhe desejou muita felicidade, era de coração. Quando Copland o conheceu, eram ambos duros de pedra e eram frilas fixos na mesma redação. Muitas vezes, Farinelli fazia aquilo que batizou de "cachorrinho", um truque para comandar uma falsa saída de repórter ao tráfego da revista na qual ralavam — na época, davam dinheiro vivo para que o redator pegasse um táxi, se a corrida fosse curta – o que era o suficiente para pagar o almoço. Como soubesse que Copland estaria sem grana para comer, e que não embarcaria na malandragem, ele o convidava. Ficava feliz de ir ao Filé do Moraes e dividir um parmegiana e uma Coca litro. Mas sua ternura pelo amigo torto não duraria muito.

— E você? Já arrumou um cobertor de orelha? Ou ainda arrasta sua asa para aquela groupie vagabunda de porta de boate?

Copland sentiu uma agulhada no fígado. Uma raiva instantânea se instalou no seu peito, uma raiva contra Farinelli e contra si ao mesmo tempo. Como é então que ele tinha falado de uma intimidade dessas para um louco dessa natureza? Quando isso aconteceu? Mais grave: era uma intimidade da qual não falava nem para si mesmo. Mas a autodenúncia o preocupou mais: então essa queimação na faringe não seria uma má notícia, a de que se importava realmente com alguém cuja existência fazia esforço para ignorar.

O atenuante para Farinelli era que ele era isso aí, um caminhão basculante desgovernado na ladeira, e sua companhia não raro era evitada cautelosamente por todos os jornalistas de todas as áreas. Doido era o menor diagnóstico que lhe davam. Anular sua perspicácia era difícil, mas Copland fingiu que viu alguém lá do outro lado da rua com quem queria falar com urgência e deu um pinote na conversa. Despediram-se e, por um momento, Copland sentiu um alívio revigorante por tê-lo perdido ali no meio da cidade.

Copland caminhou mais algumas quadras, e quando apontou na esquina da rua da pizzaria já a enxergou de longe abrigada sob o guarda-chuva do manobrista de fuça de buldogue, brutamontes que demonstrava estar felizão com a inesperada visita. Não chovia, mas o guarda-chuva era simbólico para ela, como se criasse um cordão de isolamento invisível. Simone parecia que tinha esse dom de desarmar os espíritos, não parecia temer cara feia, quebrava os protocolos dos lugares com facilidade.

Mas as ruas de São Paulo, especialmente naquele período, não estavam para brincadeira. O que tornava mais sombrias as diligentes caminhadas pela noite era o clima de terror que se criava no circuito intelectual e gay da metrópole nos últimos dois anos. O motivo estava na capa do *Notícias*

Populares que tremulava nas bancas, trazendo estampada a manchete: "Executivo assassinado a facadas no Paraíso".

A polícia tinha descoberto que esse não era um crime comum. O modus operandi dava conta da atuação de um serial killer à solta pela cidade. Ele sempre agia da seguinte forma: entrava nas casas das vítimas, bebia (muito) e se divertia com elas, e em seguida as matava de forma bárbara, com pés e mãos amarrados na cama, um rolo de meias enfiado na boca, e diversas facadas no pescoço, tórax e abdômen. Um psiquiatra tinha sido a primeira vítima, em 1987. O corpo foi encontrado pela empregada. Mas o caso que balançou mesmo a comunidade foi a morte do diretor de teatro Luiz Antônio Martinez Corrêa, em dezembro de 1987, com 107 facadas. Irmão de Zé Celso Martinez Corrêa, Luiz era a placidez em pessoa, um sujeito refinado e tranquilo, um ser no pólo oposto de qualquer violência.

Com a investigação em andamento, já relacionavam quatro casos à sanha do Maníaco do Trianon. O nome vinha do centro de atuação do assassino, o Parque do Trianon, que era onde ele caçava suas vítimas. Possivelmente, um garoto de programa. Os alvos eram clientes antigos e novos. Tinham entre 30 e 50 anos e, geralmente, moravam sozinhos.

Por causa do imenso armário que ainda vigorava na sexualidade da vida metropolitana, as famílias das vítimas muitas vezes não declaravam que o parente assassinado era gay, o que tinha atrapalhado as investigações.

A polícia parecia estar avançando no caso, mas isso não tornava as ruas mais seguras. Até parecia que tinha se tornado o oposto, o medo se espalhava. Copland, particularmente, não tinha receios desse tipo, não era o alvo mais evidente de nada: sem grana, sem carro, sem signos exteriores de vida próspera e sem interesse pelas aventuras desconhecidas pela noite. Mas Simone, meio Júpiter em Escorpião, era do tipo que parecia gostar de viver no limiar dessa zona cinzenta do perigo e da cilada.

Ela estava com uma camisa masculina larga amarrada na altura do umbigo e envergava uma de suas saias minúsculas logo abaixo daquela planície de minúsculos pelos oxigenados. Na lapela da camisa, Copland notou rápido, tinha alguns bottons. Um deles era de um guru famoso, Massone, maior fenômeno da classe média descolada daqueles anos.

Copland reviu uma cena que lhe custou a penúltima namorada que tivera, Liubliana. A garota o tinha convidado para acompanhá-la a uma sessão com o seu guru espiritual ali perto da PUC. Algo rápido, ela disse, um aconselhamento, e depois iriam para a casa dele. Ele estava entrando naquela zona dos relacionamentos em que uma negativa já seria entendida como assentimento. Então, concordou. Curioso essa simetria de gostos em relacionamentos: Liubliana já continha muito de Simone. Era franca e não escondia suas manias, suas obsessões, seu desagrado era também muito visível à primeira vista. O negócio entre os dois murchara quando ela passou a analisar seu desempenho profissional, o jeito como se virava para ganhar a vida. Viu que Copland vivia sob um fio, qualquer empurrão ele ia para as cordas, era muito frágil sua vida toda. Ela disse então que achava que ele devia parar de ficar de pé com tanta insistência, deveria cair. Que seria bom para ele desabar, assumir a ruína uma vez na vida, ajudaria a erguer alguma coisa mais sólida em torno de si. Mas Copland pensou, após algum susto com as conclusões da garota, que não era exatamente por orgulho que não caía. Podia perfeitamente largar tudo e virar frentista em algum posto na Rio-Bahia. O que não podia tolerar era o êxito que os inimigos teriam ao tomar conta do território que abandonava, isso o martirizava. Essa conversa foi o começo do fim.

O guru que Liubliana, a ex, o tinha levado para conhecer era, ainda sem tanta fama, o mesmo Massone, um ex-consultor financeiro que tinha se tornado, em São Paulo, o sortudo representante editorial do *Rajneesh Times*, um tabloide de 8 páginas destinado à conversão às ideias do guru indiano Bhagwan Shree Rajneesh.

O Rajneesh, seus métodos e sua atuação, estavam na mira de muita gente. Tinham-no proibido de entrar nos

Estados Unidos, estava sob investigação do FBI e mesmo na Índia, era monitorado com atenção. Vivia confinado em suas propriedades em Poona, na Índia, pelo governo de Nova Déli. Academias de ioga e restaurantes de comida natural pelo país todo distribuíam seu jornalzinho, e, em julho, a recepção que teve do high society brasileiro foi notícia em todo lugar.

No Auditório da Faculdade Cândido Mendes, no Rio, instados pelas socialites Yolanda Figueiredo e Carmen Mayrink Veiga, centenas de celebridades se reuniram para o lançamento do *Manifesto para Um Novo Homem e Uma Nova Humanidade*, a pedra fundamental da seita de Rajneesh no Brasil. Estiveram lá, entre outros, Narcisa Tamborideguy, Jorginho Guinle, Tonia Carrero, Miguel Falabela, Frank McKey, Amaury Veras.

No embalo dessa onda a favor, Massone tornou-se algo como uma sucursal do Rajneesh na metrópole. Ajudava o fato de que já estava célebre na TV por fazer uns truques de prestidigitação. Mantinha um consultório nas imediações do Riviera. Bom, consultório não era bem o nome, era mais um camarim, e camarim bem fornido, tinha até um minipub no canto da sala, com tequila, conhaque, uísque e vinho do porto. Copland viu logo que ele tinha mais interesse em se tornar dono, como o Rajneesh, de quatro Rolls-Royces, do que em alargar a consciência de quem quer que fosse.

Simone disse que o procurara pela sessão de purificação com cristais, que lhe tinha devolvido o equilíbrio. Mas Massone estava se tornando grande demais, estreloso, e ela lhe confidenciou que o guru dava mostras de que logo não faria mais esse trabalho.

A antiga namorada de Cop frequentava o Massone dos tempos das vacas magras. Ao entrar com ela no camarim do guru, Copland viu que o cara estranhara que ela viesse com um homem a tiracolo, não era usual. E, ainda por cima, um homem tagarela, teria pensado, pela expressão no rosto quando Copland começou a interrogá-lo.

— Vi um dos seus truques na televisão. O senhor é muito habilidoso, disse Copland, acreditando que o elogiava. Mas a reação não foi boa.

— Uma pessoa que marca hora para entortar metais, como o isralense Uri Geller fez no passado, certamente é truque. Ou como fazia Thomaz Green Morton, também com hora marcada, aquilo certamente é truque. O que eu faço não é truque, disparou o homem, com a voz levemente trêmula, demonstrando sincera indignação, contrariedade.

— Como então o senhor diz que move objetos? Com a força da mente?, atiçou Copland, com um sarcasmo quase doce na voz. A namorada pegou no seu braço, como se tentasse dissuadi-lo dessa ideia de confronto.

— Todos os fenômenos parapsicológicos, por serem incomuns, sempre foram interpretados supersticiosamente. Quando o povo não sabe explicar, em vez de calar a boca, explica. A telepatia sempre foi considerada como coisa dos deuses. As pessoas pensam que o movimento de objetos provocado pela telecinesia são espíritos que vêm brincar nas casas mal-assombradas, ou então, que são fruto da astúcia de charlatões. A parapsicologia estuda os fenômenos cientificamente e separa dessas falsas interpretações o que é natural, embora raro. Uma pessoa pode mover um objeto, todos podemos. Em um momento de emoção, a gente pode deixar escapar uma energia corporal. Mas nunca se pode mover um objeto a mais de 50 metros de distância, aí é trucagem.

— Isso é impossível? Mas o senhor, pelo visto, conseguiu, continuou Copland na onda da provocação.

— É o que ia lhe dizer: a menos que o cidadão seja muito treinado, como eu sou. Se houver um fenômeno físico, movimento de objetos, fogo espontâneo, umas vozes, a mais de 50 metros de uma pessoa viva, bem... Dou US$ 10 mil a quem conseguir. Esse desafio está posto há séculos. É possível que algumas vezes, espontaneamente, a energia corporal se exteriorize e se transforme em energia luminosa ou térmica. Esses são os fenômenos parapsicológicos. Na psicofonia a energia corporal faz vibrar o ar, como se fosse a voz de um demônio. Mas é um fenômeno natural, não sobrenatural. Eu sou apenas um cidadão muito bem treinado. Treino minha capacidade há 67 anos. Portanto, não faço truques.

— Bom, fico contente com sua aula condensada de parapsicologia, disse Copland, mas acho que agora é a hora da sua sessão, vou esperar ali na salinha.

A ex-namorada, depois daquela sessão com Massone, contou que o guru ralhou com ela por ter trazido um estranho consigo, que aquilo era algo que comprometia seu trabalho com a aura das pessoas, uma energia diferente e cujo propósito ele não conhecia. Ela não gostou da forma como Copland lhe trouxe problemas com seu terapêuta profissional, e terminou com ele. Copland gostava dela, mas achava que confrontar o charlatanismo e a falsa imanência de seu tempo era um tipo de missão. Aprovou sua própria atitude, mas passou a beber com mais afinco depois disso. Quanto à bebida, sempre tinha um bom argumento para defender que era um instrumento de trabalho. Quando era advertido sobre o excesso, lembrava do matemático e filósofo Pierre Louis de Maupertuis, que se enfiou na Lapônia durante um ano e consumiu 340 garrafas de vinho e 400 litros de aguardente apenas para demonstrar que nosso planeta era um esferóide achatado nos pólos.

GET UP, STAND UP

Tava difícil acompanhar Simone caminhando com tanta constância e leveza. Uma dor abdominal mais frequente do que as outras vinha fustigando o lado esquerdo da barriga de Copland. Um cansaço generalizado, e a sensação aumentava quando ele lembrava das últimas garrafas vazias que tinha deixado recostadas na lixeira do Copan. Mas melhor isso do que o sedentarismo intelectual, pensou, fazendo troça consigo mesmo. Simone notou seu desconforto, mas nos últimos minutos ficou introspectiva, tão calada que lhe pareceu que estava com medo de alguma coisa. Ela o puxou com doçura pelo braço para seguirem em frente, o olhar distanciado. Ele quis saber o que a preocupava.

Simone S. apertou mais seu braço e disse a ele o que a afligia. Há umas três noites, contou, o telefone tocara na alta madrugada e quando ela atendeu, sonâmbula, ouviu uma voz engasgada que falhava e rangia de forma intermitente. Demorou para se dar conta do que estava acontecendo: tinha alguém que estava certamente no meio de uma overdose do outro lado da linha. Com dificuldade, acabou identificando a dona da voz. Era uma amiga com a qual tinha se aventurado numa história de desfiles de moda na mais tenra adolescência. Simone desistira, mas a garota tinha se arrumado com trabalhos de modelo na Europa. Vivia como cigana, mas sempre no meio do glamour. Fosse desfilando com uma bolsa Paco Rabanne na Semana da Moda de Paris, contratada como doorgirl para recepcionar notáveis na abertura de uma exposição do West End de Londres ou posando para capas de catálogos fashion caríssimos. Lembrou de um no qual, entre outras roupas, a modelo vestiu somente uma espécie de cobertor étnico autoral (o estilista tinha a pretensão de ser roupa e obra de arte ao mesmo tempo), Luana lhe parecia a apoteose da liberdade e da potência da juventude. Mas era uma falsa impressão: cumpria, desde os 15 anos, uma rota de solidão, hedonismo e lavagens estomacais de emergência, o que aumentou depois que a heroína entrou na roda. O DDI da ligação era de Milão, Simone S. contou que ficou ali ouvindo o último gemido da garota e que depois tentou acionar a polícia italiana, mas não conseguiu pela barreira do idioma. Ligou então para a família dela, e um jornal publicou depois que o corpo seria repatriado. Aquilo que tinha acontecido a deixara de um jeito meio abobado, como se tivesse um zumbido dentro dos ouvidos, descreveu Simone.

— Na vida, você sabe bem disso, ela disse a Copland, como num suspiro, como se consolasse a si mesma, encontramos gente que nunca mais vamos ver depois. É natural.

Sim, Copland sabia. E, nesse tipo de encontro frugal, é natural despendermos uma energia no relacionamento, investimos atenção, muitas vezes até buscamos nivelar interesses. É também comum, anos depois, ao lembramos daquela pessoa que não se constituiu em um afeto, muitas vezes só um colega com quem repartíamos tarefas de trabalho, é normal sentirmos certo alívio ao nos damos conta que não ficou nenhum ponto de contato, nenhuma memória minimamente mencionável, nenhuma pequeníssima dívida de solidariedade que seja, nada de comum.

Acontece a mesma coisa com os lugares. Há também lugares pelos quais passamos e aos quais sabemos que nunca iremos regressar. Um balneário no Sul da Bahia e seu melhor restaurante na praia, do qual se pode sair da mesa e ir à praia por um caminho de luminárias enfiadas na areia. Um bar de tapas em Madri com muito lixo no chão. Um club de jazz no Village. Uma pousada ao lado de um posto de gasolina no sertão de Pernambuco. A lanchonete em uma kombi na qual você teve uma caderneta de fiado para comer cachorro-quente prensado e até ficou devendo uns caraminguás. Seria bom voltar para pagar, mas a vida não tem uma cota de tempo reservada para reencontrar tudo por que passamos, e é aí que reside a consciência de sua brevidade. Aquilo que ela estava sentindo tinha algo de culpa e de pena de si mesma, era difícil chegar a um ponto razoável de reflexão.

As primeiras vezes em que Copland encontrou Simone nem sempre foram marcadas por essa sintonia fina que demonstravam agora. Em geral, ela parecia não lhe dar a mínima e até achava meio sacrificante repartir o ambiente com ele. Copland tivera essa impressão nos primórdios. Lembrou agora de uma festa gótica a que foi lá no Largo Santa Cecília. Havia um clima de baixo astral generalizado, o que era sinônimo de êxito nas festas do tipo, tocava The Cure e ele se sentia como se estivesse num filme de ficção científica. O cenário era completado por uma projeção meio anti-excitatória nas paredes e no teto, uma profusão de discos brancos e pretos rodando por todo lugar, como uma tela de Lucio Fontana. Copland estava naquele momento de buscar a saída, mas as cervejas e os aditivos todos faziam efeito e ele se enfiou num dos sofás do gigantesco lounge. Demorou para perceber que havia alguém do seu lado, e foi só quando o hálito já estava a centímetros do seu rosto, um cheiro de especiaria japonesa inconfundível. Era a respiração sequestradora de Simone, que não parecia surpresa de encontrá-lo, mas tampouco feliz. Eles se cumprimentaram por obrigação e entabularam uma conversa sem sentido. Ela lhe perguntou do seu "trabalho que parece prêmio", escrever sobre as bandas que você gosta, e até arriscou, desinteressada da resposta, indagar se ele andava pensando em escrever um livro com suas ideias sobre música.

— Engraçado, há tempos que não tenho boas ideias. Quer dizer, acho até que tenho, mas perco logo em seguida, respondeu-lhe Copland, abastecido pela sinceridade que os combustíveis da noite lhe deram.

— Como assim?, perguntou Simone, está querendo dizer que está sofrendo com algum tipo de amnésia localizada?

— É verdade! Não estou brincando. Todas minhas boas ideias se perdem, como se estivessem sendo roubadas. Não consigo nem chegar a tempo num bloco de notas para registrá-las, afirmou, arrumando as costas no gigantesco sofá de marshmellow.

Ela riu, deu uma risadona gostosa, farta, daquelas que não têm medo de mostrar as obturações velhas. E entrou na viagem dele.

— Quer dizer então que você está vivendo no interior de uma grande conspiração de ficção científica? Uh, imagino a cena: uma gangue de ladrões do futuro, viajando pelo tempo incógnitos, infiltrando-se na sua mente e roubando a ideia instantes depois de ela ter surgido, fugindo com uma revolução em processo.

— Não ria, é uma coisa provável! Sabe essa sensação que dá na gente às vezes, quando a gente entra no elevador do prédio e parece ter esquecido de fazer algo em casa, tipo desligar o fogão e tirar o leite quente? Tenho sentido isso com frequência. Uma sensação que prossegue me torturando muito tempo depois, mesmo já enfiado no trânsito em um táxi.

Simone, pareceu a ele, tinha começado a gostar do nonsense da conversa, mas aí apareceram duas outras garotas dessas de olhares que atravessam paredes e ela tocou de leve no seu ombro, não disse nem tchau e sumiu.

Mas agora, o que contava é que eles já estavam atrasadinhos para o show, do qual tinham já ouvido falar que Bruce, Peter Gabriel , Sting, Tracy Chapman e Youssou N'Dour abririam juntos a jornada cantando *Get Up, Stand Up*, um hino de Bob Marley. Essa era provável que já tivessem perdido, pelo adiantado da hora.

Ao chegarem ao Parque Antarctica, logo após cruzarem a calçada do mítico Elias Comidinhas & Bebidinhas, reduto do mais bem-fornido conchiglione recheado do planeta Terra, Copland e Simone foram abordados por dois cambistas de cara amarrada oferecendo ingressos para o show. Cop foi educado e os dispensou, disse que já tinham suas entradas. O primeiro homem que o intimou tinha um bigode curto, como se tivesse recortado cuidadosamente dois retângulos e colado abaixo do nariz, que era adunco. Tinha feito um enxerto malsucedido de cabelos recentemente, o que dava à sua cabeça a aparência de um sofá de veludo extremamente gasto. O cara coçou o meio bigode com impaciência. "Que tipo de ingresso você tem?", disse, como se tivesse o direito divinal de saber. Copland vacilou, disse que eram ingressos para a ala VIP, e em 15 segundos já estavam cercados por três outros cambistas que queriam ver os ingressos, pois não acreditavam que existissem entradas diferenciadas para bacanas neste tipo de show. Cop não teve alternativa senão sacá-las do bolso. Foi um momento em que se sentiu um tipo de rock star da Terra Média.

Já na portaria, Copland se preocupou com Simone, que a esta altura parecia um transatlântico de autoconfiança atravessando o mediterrâneo.

— Como você vai passar pela segurança?

— Não se preocupe. Você só tem que me levar até o portal dos artistas internacionais. Dali por diante eu me viro. Tenha em mente uma coisa, Coppie, a segurança sempre recebe pedidos muito especiais dos músicos. E muitas vezes eu sou o tipo de presente que pedem.

— Mas então há uma espécie de labirinto de Pac-Man que você tem que atravessar antes. Isso te garante chegar ao alvo?

Simone não respondeu, apenas sorriu de um jeito não tão confiante dessa vez, mas decidido. Copland pensou que ela não saberia lhe dizer, se perguntasse, quem foram Oscar Wilde e Jean Genet, mas sabia identificar instantaneamente as hesitações e falseamentos de alguém, especialmente dele. Muitas vezes ele tinha um impulso, uma tentação de ficar jogando Simone num quiz de humilhação homeopático, perguntar-lhe coisas para deixá-la insegura, mas pensou com sinceridade: o que a gente ganha de verdade em sobrepujar alguém intelectualmente? Ainda mais ela.

Na grande sala VIP improvisada nas cabines de rádio do Parque Antártica, havia fartura de tudo. Uma mesa de frios e frutas e jarras de suco, dois freezers de cervejas abarrotados encostados na parede de cimento e uma mesa de coisas fumegantes em panelas fechadas que pouca gente abria. A cantora Paula Toller estava de shorts, uma diva da estação que não esbanjava em recursos fashion e maquiagem. O novo parâmetro de star quality do mercado, Paulo Ricardo, tava encostado numa parede com falsa pose de autor beatnik. Os astros brasileiros eram apenas convidados normais, não tinham ainda aquela pulseira all access que daria passe irrestrito para todos os fundões. Depois de aquecerem os estômagos, Copland e Simone resolveram subir para as cadeiras do estádio, estavam ouvindo os primeiros acordes de *Get*

Up, Stand Up, com todos os astros da jornada juntos no palco, cantando em coro.

Youssou N'Dour tocou 25 minutos, mas foi recebido com entusiasmo até incomum para uma plateia de neófitos. Já Tracy Chapman, sozinha com voz e violão, tocou também durante 25 minutos, e, apesar de ser a sensação da temporada, não alcançou o território da efervescência no entusiasmo de Copland. Simone, entretanto, pareceu mais feliz naquele momento em que Tracy dançava no fio entre o folk e a soul music. Milton Nascimento, acompanhado de Pat Metheny, Toninho Horta e Tulio Mourão, tocou meia hora, mas lhe deram um som bem ruinzinho, uma tradição de cortesia anglo-americana que parecia estar começando ali. Encerrou seu set com "Raça", depois de dedicar seu show ao espanhol D. Pedro Casaldáliga, o santo bispo do Araguaia, expoente da Teologia da Libertação, um ato de coragem política do crooner mineiro que foi pouco registrado pela crônica daqueles dias.

Peter Gabriel tinha 45 minutos à disposição, mas, performático desde sempre, não prescindiu de uma estrutura de palco gigante, uma parafernália que demoraram horrores para montar, e depois desmontar. Copland percebeu, sentado no cimento frio, que nunca tinha prestado atenção direito na letra de *Sledgehammer*, que Peter Gabriel tinha tornado hit planetário havia dois anos:

"Mostre pra mim/ Eu tenho ditado o ritmo/ Eu tenho ditado o ritmo/ Mostre pra você/ Isso é o que estamos fazendo/ Fazendo/ O dia inteiro, a noite inteira/ Mostre para mim/ Vamos, vamos, me ajude."

A desmontagem e remontagem do palco, após a saída do circo de Peter Gabriel, estava demorando um pouco. Sting e Bruce teriam uma hora cada um. Copland e Simone resolveram voltar à área VIP, para uma cervejinha "de grátis".

Estavam ali bebericando e ouvindo as conversas. Destacavam-se, nos cercadinhos VIP improvisados, dois personagens. Um deles, cercado por sua entourage, era um dos maiores executivos da TV brasileira, o Boni, e o outro era figura emergente da política, Fernando Collor de Mello. Eram dois dos homens mais em evidência no País. Boni tinha se tornado o principal executivo de uma grande emissora de TV do Rio de Janeiro, de alcance nacional em 1967, quando esta ocupava apenas o quarto lugar no ranking de audiência. Em pouco tempo como vice-presidente de Operações da Globo, ele a colocara no posto de quarta maior rede de TV do mundo. Era visto como um gênio, um homem de poder irrestrito e toque de Midas. A emissora que dirigia assumia um papel de fiel da balança em todos os momentos da vida pública nacional, um tipo de poder quase incomparável em outras nações. O outro famoso presente estava vivendo um momento de absurda ascendência política no país. Collor de Mello, pré-candidato à presidência da República, era incensado na imprensa, que tinha lhe pespegado o apelido de Caçador de Marajás, papel que lhe autorizava progressivamente uma espécie de estrela de xerife autonomeado em guerra contra os corruptos. O corredor das cabines estava envolto numa neblina de cigarros, um fog absolutamente turvo. Simone relutou, mas acabou acompanhando Copland em um Gauloises no acesso aos banheiros.

— Esse seu cigarro é forte, hein?

— Mas é mais gostoso também, redarguiu Copland. Você nunca fumou?

— Ah, não. Acho bem desagradável. E ruim pra saúde. Acredito que, algum dia, ainda vão criar lugares exclusivos para fumantes, separando vocês da gente. É ruim respirar essa fumaça de vocês sem querer.

Copland riu desbragadamente pela primeira vez naquele dia. Não era uma visão razoável a dela. Jamais a sociedade aceitaria uma separação entre fumantes e não fumantes, pensou. Copland já tinha trabalhado em uma empresa na qual o fumo era proibido. Mas era meio pró-forma. O executivo sênior fumava no banheiro e ninguém nunca teve coragem de dedurar o cara. E todo mundo sabia que as escadas de incêndio eram muito mais agradáveis para um cigarrinho do que ficar na mira do Chefe de Pessoal no escritório. Namoros e até casamentos começavam ali naquela escada.

Bruce Springsteen tinha desembarcado no Brasil com toda sua E-Street Band, todas suas credenciais, o que deixara Copland muito espantado, além de uma legião de fãs boquiaberta. Tirando o guitarrista Steve Van Zandt, com quem The Boss tinha brigado quatro anos antes, por divergências no papel de liderança, vieram com ele os companheiros de longa data: Niels Lofgren, teclados; Clarence Clemons, saxofone; Roy Bitten, o famoso Professor, nos teclados; Max Weinberg na bateria; Danny Federici, tocando seu acordeão, e também órgão e xilofone. E, no apoio vocal, uma ruiva de nariz aquilino fenomenal, Vivienne Patricia Scialfa, ou, como é mais conhecida, Patty Scialfa. Acontece que, durante a *Tunnel of Love Express Tour*, com a qual corria o mundo entre fevereiro e agosto daquele ano de 1988, Bruce Springsteen tinha se apaixonado perdidamente pela sua cantora de apoio, Patty, e estavam vivendo um romance tórrido naquele momento. Não havia a menor chance para alguma pretendente do mundo exterior. Para Simone S., Van Zandt passava a ser o novo alvo potencial, mas isso também não tinha como progredir porque Van Zandt tinha sido demitido. Não restava a Simone outra alternativa senão usar a tática mais maleável: determinar o alvo na hora, dependendo das circunstâncias e da receptividade. Era uma loucura, pensava Copland, mas mesmo sabendo do terreno pantanoso em que se movia, a garota não dava mostras de que recuaria em sua determinação.

Começava a se aproximar o momento em que Copland e Simone deveriam se concentrar em suas atividades mais, digamos, profissionais naquele momento. Enquanto se movimentavam pela área VIP, ela ia traçando, com razoável habilidade, estratégias e um plano de ação.

Ao fundo, Simone viu uma porta que era guardada por dois seguranças brasileiros e dois gringos, ela sabia, por experiência, que só passando dali é que se chegaria aos camarins internacionais. Simone puxou Copland pelo braço, mas ele resistiu.

— Daqui em diante, é por sua conta, ele disse à garota.

— Não quer ver como é lá atrás, não tem curiosidade?, ela desafiou. Por um milésimo de segundo, aquilo até pareceu hesitação para Copland.

— Não é muito diferente daqui. Talvez somente as comidas e as bebidas sejam melhores, ironizou Coppie.

Ela deu um beijo em sua face que pareceu queimando até uma hora depois. As passadas de uma mulher quando está em atitude de determinação parece que são mais curtas, pisa no chão sempre com alguma espécie de maciez, um metrô com rodas de borracha; é o oposto do homem, que parece abrir fendas no chão quando caminha.

Simone caminhou em direção aos seguranças e passou a conversar com um deles. O gorila adquiriu uma pose, ele mesmo, de superstar, como se ela tivesse vindo até ali por ele mesmo. Logo ele abriu a porta e ela entrou, e o segurança foi junto com ela, deixando apenas um na cobertura. Ficou um grande silêncio em torno de Copland, e não lhe restava mais alternativa a não ser ir conferir o show de Peter Gabriel, cuja estrutura era a mais cara e avançada de todo o concerto. Acendeu um Gauloises na sala de imprensa, e o Léo Jaime, que estava pegando uma cerveja, veio filar um cigarro.

O line-up do show da Anistia era imenso e os fãs não pareciam tão resistentes naquela noitada. Já no início do show de Peter Gabriel, o estádio começou a esvaziar. Quando Springsteen entrou no palco, às duas horas da manhã, restavam apenas os realmente fãs no local, a plateia toda caberia num pub. Ainda assim, foi um show massudo, de apenas 14 músicas, mas forte, compacto. A situação era bizarra, mas, ao mesmo tempo, também envergava um tipo de componente místico, uma coisa que distinguia Bruce quase como um Odisseu moderno, empenhado tanto em combater nas batalhas de milhares ou lutar sozinho em uma jangada sem destino.

The Boss já tinha participado do show de Sting, reforçando os vocais de *Every Breath You Take*. Foi um alívio ouvir que o Beijoqueiro tentara cumprir mais uma vez sua missão, mas sem êxito. Bruce escapara, certamente, por não ter ainda a dimensão de astro necessária para atrair os lábios daquela mariposa. Sting era muito mais famoso. O beijoqueiro driblou parte da segurança, mas, quando estava já entrando no palco, a segurança o agarrou. Ante sua insistência, os gorilas baixaram o sarrafo no homem. Era impensável até que ele tivesse chegado até ali. Qual seria sua estratégia? Suborno? Só se tivesse alguma reserva especial de recursos, mas não seria certamente o caso, senão não teria se tornado taxista.

Copland, àquela altura, já não estava tão entusiasmado com a maratona, logo após a tríade do Boss com *Born to Run, Jungleland* e *Thunder Road,* uma sequência de músicas que entraria tranquilamente nas listas sazonais das 100 Maiores Canções de Todos os Tempos, ele também se dirigiu à saída e acenou para um táxi que passava, que não parou. Os versos da última canção que ouvira pareciam que iam se misturando ao seu próprio redemoinho espiritual. "Como numa visão, ela dança em torno da varanda".

Na esquina da Turiaçu com a Sumaré, encontrou o Chumawski fumando um baseado. Abraçaram-se rapidamente, uma almofada de fumaça escapulindo do abraço, e Coppie ligou seu radar de encontrar táxi. Mas tava difícil ali. Na banca da Sumaré, ele puxou um jornal de uma pilha e ficou lendo a cobertura da noite que ainda estava quente na córnea. Viu que, na cobertura do show que ainda não tinha acabado, o Chumawski já tinha descrito com minúcias o momento em que Milton Nascimento entrou como convidado de Sting, interpretando *Canção da América*, mas isso não tinha acontecido, embora fosse uma previsão do script enviado aos jornalistas pela produção do concerto antes do show. Provavelmente, o crítico já estava do lado de fora do estádio fumando sua marofa quando concluiu aquele texto para o jornal, e considerara, até por conta de algum desprezo para com a possível reunião, que o show tinha seguido o script. A "barriga", pensou Copland, teria consequências drásticas para o rapaz. Chuma seria inevitavelmente demitido, e sua carreira ficaria marcada perenemente pela gafe. Seria apontado de forma jocosa nos bares onde entrasse, fariam burburinho nas entrevistas coletivas. Pensou em uma palavra de apoio para uso futuro, mas não a encontrou naquele momento, depois pensaria nisso.

O gelo derretido dos isopores dos camelôs formava poças na calçada. Bêbados e pedintes restavam nas portas dos bares da Barra Funda, e Copland, por um instante, pensou pela primeira vez que talvez fosse a hora de mudar de profissão. Essa não parecia ter algo claro no horizonte e ele, como ainda não tivesse rompido a barreira dos 35 anos, tinha tempo de se reinventar. Mas não durou mais que um instante a hesitação. No final das contas, havia emoção no meio dessa balbúrdia, coisa que certamente não conseguiria trabalhando no mercado financeiro.

Pensou de novo em Simone, em como ela deveria estar relaxando em alguma banheira adornada com pétalas de rosas em alguma suíte presidencial da cidade, à espera de uma taça de champanhe e ouvindo algum novo acorde surgido da inspiração da estrada. Cada vez que descobria que estava pensando com frequência em uma pessoa, Copland se enchia de uma espécie de ansiedade líquida. As mãos suavam e ele costumava sentir uma gota de suor sob a camisa que parecia uma formiga insinuando-se sobre o peito, ameaçando uma picada que era só fictícia, sensorial.

DUAS DOSES DE VERMOUTH SEM GELO

O antigo galpão de batatas restaurado na Rua Miguel Isasa tinha virado um local de romaria tanto para os paulistas quanto para os cariocas. As paredes de cimento bruto, terracota em um lado, cinza do outro, pareciam anunciar uma nova era de modéstia ambiciosa, um certo despojamento de resultados. Por conta dessa atmosfera de proximidade com algo de leve tempero utópico, algo que ainda poderia acontecer algum dia (ou que, ao menos, deveria acontecer), muitas vezes dava uma sensação meio claustrofóbica, a casa de shows ficava cheia demais para tanta expectativa. O balcão de 30 metros de extensão era um delírio, um lugar dos mais disputados para encostar as costelas e conseguir que os pedidos fossem atendidos. Dali também era possível apreciar, à vista, a cozinha funcionando e o bar em movimento. Mas era difícil estacionar no balcão, a não ser que se chegasse antes das 22 horas. Músicos do Luni, atores do grupo de Cacá

Rosset, Titãs, Ira!, Mulheres Negras, Lagoa 66, Cazuza: tava todo mundo misturado.

— Há um certo exagero nessa onda de protagonismo negro, protagonismo gay, protagonismo vermelho, bradou um rapaz negro carioquíssimo, falando mais alto do que a sua companheira na mesa, uma mulher morena de pele alva e um batom vermelhíssimo na boca. A onda politicamente correta nos coloca na parede, cria ondas de bom-mocismo insuportável, prosseguiu o rapaz.

— Cite um exemplo disso, Ed, provocou a moça do batom vermelhíssimo e cabelos encaracolados muito pretos.

— Marisão, eu vou te contar uma história. Em 1953, Miles Davis estava com seu quinteto tocando uma temporada num lugar chamado Café Bohemia, em Nova York. Seu saxofonista era John Coltrane. Acontece que Trane andava atolado até a tampa em heroína, andava num estado lastimável. Naquela noite, Miles estava postado com o trompete na frente da plateia, de cabeça baixa, parecendo prestes a explodir. Quando viu entrar atrás de si um amarfanhado Coltrane, sem saber direito para onde ir no palco, se à direita ou à esquerda do bandleader, Miles não teve dúvidas: foi até Trane e lhe desferiu um violento murro no estômago.

— E daí?, perguntou Marisa Monte.

— Daí o pianista, que era o Thelonious Monk, ficou indignado e disse ao Trane para ele mandar Miles à merda, pedir demissão, que iria contratá-lo para seu conjunto.

— Ainda não entendi.

— Trane não se demitiu. Arrumou o paletó, a gravata, postou-se ao lado de Miles e tocou a noite toda.

— Um amarelão, lamentou Marisa.

— Um artista de verdade. Um gênio! Se fosse nos dias de hoje, Miles teria sido preso ali mesmo, a imprensa o exibiria como um racista às avessas, as ligas do bom-mocismo o teriam linchado nos jornais e o jazz teria tido uma interrupção desastrosa em sua linha evolutiva.

Havia uma atmosfera de crença absoluta nesses lugares: acreditava-se no poder da música, da dança, da literatura, do esporte, da originalidade, das frases de efeito; acreditava-se no poder dessas coisas em mudar o mundo, tornar o mundo preparado para nos receber como úteros, e que a mãe natureza urbana providenciara singularidades para cada um de nós. Essa confiança, que não era uma confiança no futuro, mas na plenitude, no protagonismo, na transcendência da juventude, estava presente nos filmes que atravessavam nossos anos, como *Flashdance, Bete Balanço, Menino do Rio*; nas turnês rarefeitas que passavam como meteoros, como Cocteau Twins, k.d. lang, mas deixavam mudanças profundas na nossa sensibilidade; na sensualidade cheia de glitter de Kelly LeBrock; na zona franca de sexualidade do Ferro's Bar. Mas, em certas noites de compartilhamento coletivo dessas visões, a lotação do bar e a conversa mole no Aeroanta disparava o alarme claustrofóbico e empurrava obrigatoriamente para o mezanino, onde ficava aquele que era o primeiro banheiro unissex que Copland tinha visto na vida desde que chegara da Zona Leste para militar na crítica de música do downtown paulistano. Copland sempre ficava um bom tempo no banheiro se recobrando dos encontrões lá embaixo, molhando o rosto, encharcando o cabelo na pia. Depois de algum tempo ali, refugiado no banheiro unissex por tempo que não lembrava a duração, Copland reconheceu alguém lá no fundo, sentada numa poltrona de fartos estofados. Ela retocava a maquiagem, olhar concentrado no espelhinho, e pareceu pressentir que ele se aproximava, porque ergueu os olhos de legítima alegria e alívio ao vê-lo.

— Bom que você tá aqui, Cop, disse Simone, quase ronronando. Era como se tivesse encontrado uma tábua de salvação.

— Achei que só te veria daqui a uma semana, disse Copland a Simone, com uma raspa de picardia na voz que ela pareceu ignorar. O sentimento de alegria estava sendo sufocado por um travesseiro de penas de corvo.

Copland chegou mais perto e viu uns vergões na perna dela e o rosto no qual ela passava a base parecia inchado de um lado, com um vermelho destacado na bochecha. O braço estava escurecido em três pontos. Ela apanhara, certamente. E o espancador tinha boa pontaria.

— Para que isso?, ele perguntou, entristecido. Ela reagiu com inusitado sarcasmo.

— Não se sinta superior por isso. No fim das contas, somos iguais, os dois vivemos de vampirizar esses caras do rock. Não existimos sem eles.

Além de machucada, estaria agora amargurada? Não era do temperamento de Simone. Foi nesse momento que Copland teve a impressão de que ela parecia punir a si mesma não por prazer, não por satisfação, não por perversão, não por ignorância atávica, mas por uma espécie de vingança. Ele sentiu por ela uma ternura maior do que a que jamais tinha sentido naquele momento. Ela, por sua vez, viu que tinha sido sarcástica além da conta com ele, que o rapaz não merecia tanta rispidez.

— A maldade é muito próxima da gente, Coppie. Muitas vezes, tem até a chave da nossa casa. Amamentou a gente, algumas vezes. Mas eu acredito de verdade que o brilho e o desejo são muito mais importantes.

Ele poderia enchê-la de perguntas sobre sua vida. Parecia liberado para perguntar agora, com essa confidência da garota. Sempre guardou curiosidade sobre a vida dela na casa do desembargador, seu pai, um tipo de lenda urbana que corria sobre essa musa dos encontros fugazes nos backstages de shows. Como fora sua infância, a fuga da universidade (ela parecia muito ter abandonado um desses cursos em que as famílias ricas consideram que vão tornar suas meninas prendadas), coisas dessa natureza. Mas sabia de antemão que ela não iria abrir nenhum dos seus segredos, e ele sentiu até inveja dela por não ter nenhum segredo a esconder, por ser tão cristalino. Não percebeu que ela estava mais ferida do que demonstrava.

Ficaram ali no banheiro sem falar muito até que a segurança veio e pediu para saírem, tinha mais gente para ocupar aquele espaço nobre do clube, argumentou o gorila. Voltaram então para a parte de baixo, para o balcão do bar. Ela pediu um Vermouth, ele ficou olhando aquela excentricidade com compaixão. Ela começou a falar sem que ele lhe perguntasse nada:

— Não cheguei ao tecladista. Nem ao saxofonista. Nem ao baterista. O segurança me levou a uma sala atrás dos camarins, e disse para esperar. Eu esperei. Daí vieram outros dois seguranças e me levaram para uma área de recreação, uma academia, sei lá, uma sala cheia de ferros de malhar. Eles tinham uns moleques lá, uns 20, 21 anos. Acho que me bateram primeiro na nuca com um soco, porque eu caí no chão. Eram dois, a princípio. Depois, vieram mais dois... Depois eu nem vi mais quantos eles eram...

— Meu Deus, Simone... Você foi ao hospital? Quer ir agora?

— Não, Coppie... Já passei no pronto-socorro do Hospital São Luiz, fizeram uns curativos, deram uma injeção, tá tudo bem.

Simone tossiu de lado, usando o braço como lenço. Ficou algum tempo olhando para o lado escuro do balcão, logo abaixo dos bancos, como a gente faz quando está meio enjoado do balanço do carro na estrada. Deu mais um gole na bebida cor de palha e sorriu com o lábio levemente inchado, de um jeito docemente dolorido.

Copland chegou a pensar em pedir ajuda a Clemenceau, que ele vira na outra ponta do balcão conversando com um cara. Não sabia quão graves poderiam ser os ferimentos de Simone, nem se ela tinha sido efetivamente medicada. De longe, Copland reparou que o cara com quem Clemenceau conversava era um DJ chamado Luiz Antonio, que conheciam mais por um codinome jamaicano, Jai Mahal, que ele usava desde os 16 anos. Copland se aproximou com a intenção de falar do espancamento de Simone a Clemenceau, mas, ao se aproximar, viu que seria difícil interromper a conversa, havia uma história em andamento. Copland então ouviu a engraçada passagem que o reggaeman contava sobre seus primeiros passos na carreira. O pai de Jai, um afamado advogado empresarial, não estava muito satisfeito com os rumos que o filho estava dando a sua vida. Um dia, descendo as escadas de sua casa, ouviu o som que o filho botara na vitrola, *Rastaman Vibration*, dos Wailers, e berrou lá de cima: "Orra, meu! Você não tá sacando que o disco tá riscado?". Os três riram da história.

Branco, galego, herdeiro de uma família quatrocentona, o DJ estava sempre nas rodas. Mantinha uma banda com um dos caras dos Titãs, mas o que o estava tornando uma personalidade emergente daquele ano era um programa de rádio. *Reggae Raiz* estreara modestamente na Rádio USP no dia 4 de janeiro de 1988 e estava causando uma pequena revolução na cena noturna paulistana. Com a aceitação do reggae, Jai Mahal agora comandava festas no experimental Teatro Mambembe, que ocupava dois galpões de uma antiga fábrica na região do Paraíso, com plateia sempre lotada. Gerido por atores, o Mambembe acolhia generosamente artistas de diversos quadrantes, não assimilados ainda, alguns enxotados pelas casas bem-nascidas, como o rapper Thaíde e o funk soul brother Skowa.

O reggae, assim como outros gêneros que buscavam espaço no latifúndio público dos anos 1980, desfrutava de imensa rejeição por parte do contingente crítico estabelecido da metrópole. Na TV, passava muito uma propaganda da marca de cigarros Hollywood que tinha uma trilha sonora de um astro do reggae. Era Jimmy Cliff cantando a canção *Love I Need*, enquanto jovens brancos sarados e positivos fumavam e surfavam alegremente. O enfant terrible Pepsi Scholar, ele de novo, tinha escrito, sobre a canção de Cliff, que era algo como se a pessoa enfiasse um arame farpado em um ouvido e o tirasse pelo outro.

O coté político e comportamental do reggae também não passara batido pela censura da ditadura militar: discos seminais do gênero, como *Catch a Fire*, dos Wailers de Bob Marley, que, por conta de um baseado na capa, tinha sido banido do país, atrasando seu estabelecimento. A morte de Marley, em 1981, levou a uma declaração precoce de extinção do gênero, desmentida homeopaticamente nos anos posteriores.

A persistência de Jai Mahal cuidava de ir virando o jogo neste lado do mundo. Não se achavam ainda discos de reggae disponíveis nas lojas neste ano de 1988, então Mahal gravava fitas cassete que espalhava conforme seu público aumentava. "Vocês, brancos, ouvem o rocksteady de Londres pela via do Clash e do Police, que tocam aquilo que ouviram dos negros de Londres do jeito que sabem, e torcem o nariz para o reggae original aqui no Brasil", dizia o Mahal ao Clemenceau, zombando da unanimidade que imperava.

Mas a verdade é que ninguém da turma de Copland considerava o reggae como uma experiência estética séria naquele momento. Era um dos consensos mudos da patota — exceto de Clemenceau. Copland puxou o amigo ali para o lado e contou do que tinha acontecido com Simone. Ambos concordaram que não havia o que fazer do ponto de vista policial, nenhuma delegacia mandaria alguém para averiguar quem foram os homens que participaram da violência, não haveria indiciamentos e nem sequer se poderia deflagrar um debate público sobre aquilo. "Woman is the nigger of the world", disse Clemenceau, citando Lennon.

Jai Mahal tinha a suavidade de alguém que sabia que sua paixão não era algo pra já. Mas também a tranquilidade de quem tinha convicção de que poderia em breve usufruir de sua insistência. Mesmo sete anos após a morte de Bob Marley, o reggae ainda era uma novidade quente neste lado dos trópicos. Nomes como Sly & Robbie, Prince Jammy e King Tubby só pareciam familiares a um pequeno gueto, mesmo passados quase dez anos desde que Gil tinha feito sucesso com seu primeiro reggae, *Não Chores Mais*, a versão de uma composição do jamaicano Vincent Ford.

Copland ficou ali entre o zen Mahal e o amigo, tentando dizer algo íntimo a Clemenceau, uma preocupação extra, mas não falou. Menos por vergonha, mais por não acreditar na efetividade de sua tarefa. Cumprimentou todos e voltou para onde estava Simone S. A garota sacou sua agonia e lhe assegurou que não precisava mobilizar ninguém, que já estava mesmo se sentindo bem, que os vergões sumiriam mais rápido do que os garçons da Mercearia São Pedro, que não se preocupasse. Pediu mais um drinque, Copland ficou escutando o burburinho no bar, e foi quando ela falou.

— Sabe, Coppie, eu queria te convidar para uma coisa essa semana...

— Pode dizer, Simone. O que eu puder, eu faço.

— Queria passar essa sexta-feira num lugar com você. O dia todo, desde a primeira manhã. Eu tenho meu gravador, posso levar umas fitas, a gente fica ouvindo e bebendo uns drinques, conversando...

— Onde quer ir?

— No Faraós. Aquele motel da Anchieta. Topa? Não se preocupe, não é para fazer sexo. Queria apenas ficar um dia todo descansando na hidromassagem, ouvindo música, ouvindo você discorrer sobre as músicas. Não se preocupe com a grana, eu pago.

Copland sentiu como se levitasse em cima de uma lufada de ar quente. Olhou para Simone toda machucada e sentiu um impulso de lhe fazer carinho, dizer alguma coisa suave, mas nada do que tinha vivido até ali o preparara para fazer uma carícia por impulso, por legítima abertura da alma, por afetos totalmente desburocratizados. Sentia que vivia entre uma trava letal e um sentimento de libertação irrestrita, mas que precisaria dar um passo de dentro de uma para finalmente poder caminhar em direção à outra. Talvez fosse a ocasião.

— Topado. Será que você consegue passar lá em casa amanhã cedo? Podemos ir juntos de táxi, disse Copland, surpreso com a facilidade como disse isso.

— Posso, claro. Adoro o Copan. A gente toma um café no Floresta e vai.

Resolveram então sair juntos do Aeroanta. Pegaram um táxi até a Faria Lima. Desceram sem saber o próximo passo ali no cruzamento da ponte Cidade Jardim, pouquinho adiante apenas. O táxi foi só para fugir da muvuca.

Passaram então caminhando pela frente de uma danceteria que se instalara numa antiga igreja em uma rua sem saída dos fundilhos da ponte Cidade Jardim. Carros fabulosos paravam para os manobristas de colete e gravata: dois Ford Sierra Cosworth, um Lancia Thema, um Escort RS. Para quem já foi manobrista na adolescência, é fácil saber as marcas. Um Buick GNX preto parou e dele desceu o dono, um alemão arrogante que vivia abrindo coluna social de jornal no domingo.

"Quando tenho 500 pessoas esperando na porta, escolho as mais bonitas, as mais interessantes. Não obrigo ninguém a esperar na porta", dizia o alemão a um repórter esquálido com um gravador maior do que seu antebraço. "Eles podiam ir para outro lugar, seria mais inteligente", disse orgulhosamente o proprietário. "Ontem, barramos o Barry Manilow porque ele estava com umas pessoas horríveis, e obviamente chatas", prosseguiu o alemão.

O repórter deu uma risada metálica, para dentro, como se estivesse engasgado, e eles então começaram a se mover sem que houvessem combinado e passaram resolutos pelo gorila na porta, que levantou a correntinha para entrarem.

Copland fez menção de subir em direção à 9 de Julho e Simone segurou seu braço.

— Vou pra casa, Coppie. Estou me sentindo melhor, vou descansar um pouco.

— Ótimo, disse ele.

— Amanhã passo na sua casa. Pode ser umas 10 horas?

— Perfeito. Estarei lá te esperando.

Ela deu um beijo em sua face e acenou para um Fiat 147 que passava com a luz do táxi acesa. O Fiat parou com um guincho e saiu cantando os pneus. A 9 de Julho subitamente pareceu a Copland um daqueles cânions de pedra dos filmes de faroeste antigos. Paredões de apaches & sioux & comanches emboscados e vagabundos febris enrolados em cobertores corta-febre.

Quando passava pela banca de frutas, logo depois da Ponte Cidade Jardim, ele olhou e viu Farinelli, o repórter policial, se esgueirando e saindo de cabeça quase no chão de tão baixa da loja de conveniência. Chamou e o maluco parou. Parou mas não sorriu. Abriu um saco de papel marrom e mostrou o que carregava, ofegante; uma pistola automática. Os taxistas do ponto na frente do seu apartamento teriam se engraçado com sua mulher e ele estava determinado, ia mandar bala lá de cima do prédio nos filhos da puta, como um sniper.

— É uma gangue, estão todos juntos nessa! Fui tirar satisfações e tiraram sarro de mim. Vamos ver como vão achar engraçado quando estiverem cheios de azeitona, esses porcos!

Sabendo que era difícil fazê-lo mudar de ideia, Copland chamou sua atenção para as consequências, era um jornalista consagrado, tinha prêmios, emprego. Farinelli nem tchuns:

— Que mané polícia! O delegado da regional é meu amigo e, além do mais, nunca vão saber quem foi. Vou fazer esses filhos da puta comerem chumbo!

Copland pensou se não estava se omitindo ao deixá-lo seguir adiante com seu plano. O que poderia fazer, afinal? Chamar uma viatura? O lance sobre Farinelli era que ele sempre fora mesmo um caminhão basculante desgovernado na ladeira, sua companhia não raro era evitada por todos os jornalistas de todas as áreas. Acompanhara de longe o lento isolamento profissional do colega, as frentes jurídicas que enfrentara, e depois os desmascaramentos íntimos, as acusações de assédio. Era o tipo de sujeito, mais do que qualquer outro, de quem se esperava, a qualquer momento, a notícia de uma morte precoce. Copland tentou se projetar para além dessa notícia, imaginando como seria quando viessem lhe dar a informação de que Farinelli tinha morrido. A simples consciência de que existira nesse mundo (e a forma como existiu) o levou a um pensamento ético complexo e, de certa forma, insolúvel: se temos a obrigação moral de enfrentar o Mal, como nos portarmos face ao Mal que cresce e se desenvolve ao nosso lado, no mesmo ritmo e no mesmo ecossistema de nossas próprias convicções? Largou o cara pra lá, deixa ele buscar sua sina, não é possível andar pelo mundo carregando tanta responsabilidade, que se foda.

TRÊS ATRÁS NÃO PODE

De novo em um táxi para o Copan, Copland começou a sentir uma náusea estranha. O sol já nascia estridentemente sobre os ombros da cidade, e o cheiro do carro da prefeitura que lavava a rua parecia de chuva de verão. Sentia-se estranho, a cabeça doía com pontadas que pareciam cem agulhas fustigando o cérebro. Ao entrar em casa, no adiantado da manhã do dia 13 de outubro de 1988, nem chegou a fechar a porta do apartamento. Grogue, deixou-a escancarada atrás de si e foi rapidamente até a geladeira, içando uma garrafa de água. Tentou erguer a garrafa de água de vidro para colocar o líquido no copo e ela lhe escapou das mãos, espatifando-se no chão. O braço formigava. Procurou na sala o local onde ficava a poltrona e parecia que tinha ficado cego de um olho, tudo parecia fora de lugar. Achou a poltrona mais pelo tatear dos objetos na saleta do que pela vista.

Largado na poltrona, a náusea dançando na cabeça, Copland olhava pela janela e São Paulo ao mesmo tempo empretecia e acendia lá embaixo com suavidade, sua brincadeira de janelas acesas e escuras virando trípticos de Malevich em entorpecimento progressivo.

Num intervalo de tempo que pode ter durado um minuto ou uma década, depende do ângulo, Copland se viu pensando em algumas platitudes. O bizarro é que eram todas de natureza funerária. Lembrou que gostava dos obituários que lia nos jornais e revistas. Era uma diversão particular para ele. Os obituários eram peças de rigorosa repaginação ética dos mortos. Levantavam somente as afetividades dos falecidos. Muitas vezes publicavam belas imagens dos seus filhos de mãos dadas no jornal, com suas faces desamparadas e resignadas. Para conhecimento geral, o morto era sempre um homem austero e simples. Muitas vezes, havia um leve toque de humor, permitido em uma gradação muito baixa, para não parecer desrespeito.

Ele lembrou que chegou a ir a alguns enterros de gente importante. Um deles tinha sido no Cemitério da Consolação. Ao chegar, notara seis coveiros olhando tudo do alto de um morrinho de terra tirada de covas, alguns metros acima da multidão, todos os seis uniformizados e alinhados. Pelas expressões deles, era de se imaginar que já tinham enterrado velhos & jovens, mulheres bonitas & feias, tinham presenciado enterros pomposos & ruidosos e outros silenciosos & tristes, na chuva ou sob sol inclemente. Naquela tarde, mais do que o homem deitado no caixão, cena à qual já estavam mais que habituados, os seis coveiros demonstraram especial curiosidade em observar o movimento e a profusão de caras conhecidas e celebridades em pé no gramado bem-aparado: um presidente, um ex-presidente, um eterno candidato a presidente, prefeitos, ex-prefeitos, apresentadores de TV.

Velórios importantes tinham curiosos rituais barulhentos, embora em silêncio. Neste a que Copland tinha ido, havia uma repórter da *Globo News*. Na verdade, estavam fazendo rodízio para cobrir. A repórter estava ensaiando pela quarta vez sua entrada no ar quando o caixão já estava prestes a descer à cova, enquadrado pelo cinegrafista ao fundo ao fundo. Chamava a atenção a moça arrumando o cabelo, endireitando a roupa, tudo com a sem-cerimônia típica de seu ofício.

Alguns penetras sempre aparecem em enterros, gente que não é nem da família nem do time das carpideiras de oportunidade. Copland notara um garoto com camiseta da seleção brasileira e chinelas havaianas que aparecera por ali, feliz, e que caminhava desenvolto por entre as personalidades, e que se postara com as bochechas rosadinhas e felizes ao lado do caixão. Era um menino das ruas que tinha vindo de "carona" na comitiva do governador desde a entrada do cemitério. Naquele funeral, houve uma cena de duro constrangimento: por causa do engarrafamento das quadras do cemitério, um outro cortejo carregando outro morto se viu obrigado a cruzar o enterro do morto ilustre. O esquife passou lentamente, as duas famílias não se conheciam, e os convidados eram mais numerosos do lado de cá, mas não havia outra alternativa: era preciso cruzar os mortos. Ninguém disse nada, o ar parecia carregado, como se a presença da morte, subitamente duplicada, suscitasse ainda mais respeito.

Copland não conseguia tirar essa lembrança convulsiva de sua mente. Pensou que, em momentos definitivos como esse pelo qual passava, as edições de imagens da mente pudessem ser mais generosas com as pessoas, mas tudo que insistia na sua cabeça era aquele funeral de um tempo passado. Reviu os coveiros a manusearem a terra, os tijolos, o cimento. A colher de pedreiro remexia o cimento e o alisava ao lado e sobre os tijolos, tirando os excessos. Aquele ruído, tão próximo e real naquele momento, lhe causava horror, o do atrito da areia na colher de aço do pedreiro. Lembrou de uma conversa que tivera com um famoso obituarista de jornal, que lhe dissera mais ou menos o seguinte: quando o morto é muito famoso, a repercussão de seu passamento sempre permanece ainda alguns dias, alimentada pela sucessão de depoimentos públicos, mas é sempre algo remoto, como se fosse o seu reflexo num lago ao qual fora atirada uma pedra. Algum tempo depois, tudo some de vez na neblina do dia-a-dia.

Simone chegou ao Copan uma meia hora depois do horário combinado. Levava uma garrafa de vinho e um jogo de porta-copos que comprara em uma viagem a Gramado para presentear Coppie. Ao ver a porta aberta, ela sentiu um calafrio. O vento que sobe pelo buraco do elevador soprou forte como uma lufada de ar frio numa praia deserta. Ela caminhou lentamente até perto da poltrona e acariciou o rosto já sem vida de Copland com mansidão. Sentou-se no braço da poltrona, ficou a imaginar a última cena que ele tinha visto ali, no que teria se fixado. Recolocou o pacote de presente com o porta-copos na bolsa e foi até a cozinha. Limpou os cacos de vidro do chão e colocou numa caixa de papelão. Depois, ligou para os paramédicos. Eles chegaram rápido, constataram o óbito e comunicaram à garota que não poderiam ir além dali. Ela precisaria chamar o médico pessoal de Copland para atestar o óbito. Ela sabia que não existia essa história de "médico pessoal". Mexeu nos bolsos da camisa do morto, em busca de alguma coisa, e achou um cartão do Sírio-Libanês com um nome, R. Saretta. Ligou para o número, a secretária atendeu. Explicou que o médico estava em uma cirurgia complicada, não tinha como atender essa chamada. Que Copland fora um paciente eventual, atendido por um programa social do hospital. Quando já ia desligar, a secretária, enternecida com a história, sugeriu falar com seu filho, jovem médico plantonista que estava atendendo na Santa Casa de Misericórdia. Ela o avisaria, ele sim poderia ajudar, era só procurar pelo rapaz que ele atestaria o óbito, afirmou a mulher, com uma ponta de orgulho maternal na voz. Simone ligou para sua amiga, Lu Spitfire, que chegou em menos de meia hora, morava na Augusta. Lu não perguntou nada, não surtou, não deu conselhos de sair fora e ir cuidar da própria vida, não ficou amedrontada. Parecia que tinha levado a vida a encarar situações como aquela.

Sem conseguir contato com a família de Copland na Zona Leste, e vendo a manhã escoando sem solução, Simone resolveu tomar a frente da coisa. Não podia mais segurar essa onda como se fosse de ferro, era preciso concluir tudo para só então sofrer calada, ela pensou. Só conseguia imaginar uma solução: ir atrás do tal médico filho da atendente do Sírio-libanês na Santa Casa para que assinasse o atestado e que se pusesse em marcha o plano da cremação. Lu Spitfire arregalou os olhos, negou participar da viagem, mas acabou topando.

Simone acomodou o maço de Gauloises no bolso da camisa de Copland e ajeitou um chapéu preto que encontrara por ali, em sua cabeça, com a aba baixa na testa, como John Wayne fazia. As botas já estavam nos pés, ele parecia que não as tirava nem para dormir. Elas o puseram em pé, uma mão no ombro de cada uma, e o arrastaram até o elevador. Estava pesado.

O elevador foi parando em vários andares, e, a cada vez que o sino dava os dois toques de parada pela porta que se abria, elas sentiam o sangue gelar nas veias. Abraçadas ao cadáver em pé, encostado na parede, tinham pedido ao porteiro para chamar o táxi e fazê-lo esperar na garagem, na saída do elevador.

O táxi era um Monza verde. Elas entraram com Copland e se acomodaram, mas aí o motorista, um português, disse que não dava para irem os três no banco traseiro. "Tem um lugar vago aqui na frente, ora pois. O que fazem os três aí abraçados? Não é de sem-vergonhice, é?", perguntou o homem. O taxista português nem de longe se tocou da pétrea imobilidade do homem ensanduichado no banco traseiro pelas garotas de minissaia, apenas achou uma abusada safadeza. Ficaria mortificado se soubesse, com o perdão da palavra. Simone retrucou que iriam os três assim mesmo, no banco de trás, e o homem bufou. O táxi tinha a ventoinha quebrada e subiu a Rua da Consolação fazendo um barulho de geladeira velha vazia, e os olhares de Simone e Lu, quando se cruzavam de vez em quando, deflagravam uma onda de gargalhadas abafadas que o português entendia menos ainda.

Na Santa Casa, o jovem médico era cortês e eficiente, ao contrário do que esperavam. Examinou com atenção os documentos que elas trouxeram e, de repente, espremeu os olhos. "Malavoglia não era o nome real do crítico de rock Copland?", perguntou o plantonista às garotas, gerando espanto nas duas. Menearam a cabeça afirmativamente ao mesmo tempo, e o rosto do médico se iluminou, ele sorriu com uma satisfação juvenil. "Meninas, sempre admirei esse cara pelo texto que ele publicou quando o Queen se apresentou no Morumbi, em 1981! Que viagem! Tudo que eu tinha visto ali no palco ele materializara no texto, era como se eu estivesse vendo o show duas vezes. Tinha nível de Capote! Sou fã desse cara", exclamou.

Atestou o óbito sem nem perguntar muito, não pediu carteirinha de plano de saúde e quase nem tocou no corpo de Copland, apenas fez um tipo de reverência de kung fu na frente do corpo e concluiu com um pequeno discurso: "O negócio da música é uma trincheira de grana cruel e superficial, um longo corredor de plástico no qual ladrões e pilantras correm livres e homens bons morrem como cães danados. Freddie Mercury faz sua arte correr longe desse corredor", declamou. "Seu amigo escreveu isso", revelou às garotas, "e eu não só concordei e adorei, como decorei o texto."

O jovem médico não só atestou o óbito como se a morte tivesse ocorrido na chegada ao hospital, mas ainda arrumou uma ambulância para que o levassem ao Crematório de Vila Alpina, para o velório que estava sendo arrumado às pressas pelas duas amigas.

A família de Copland, finalmente, tinha entrado no circuito e já liberara tudo para que Simone prosseguisse com o funeral. Mal dera tempo para chamar alguém mais próximo, o negócio era chamar mesmo a turma da crítica pop, quem estivesse à mão. Clemenceau disse que iria com uma garrafa de Romanée Conti. Sardanapalo não atendeu ao telefone, Chumawski alegou um show com sua banda de última hora que ia tomar tempo de ensaio e, portanto, não tinha como. Grifo apareceu, mas ficou mais caminhando lá fora no jardim do cemitério da Vila Alpina do que dentro do velório. Ele estava fechadão, mas ficou gargalhando alto quando viu uma pichação sarcástica num muro perto do cemitério: "Acorda, pessoal!".

Em velório de malucos, sempre acontecem situações despirocadas. De repente, um frade capuchinho jovem, de rosto anguloso e boca muito pequena, apareceu na sala do velório. Ele perguntou quem seria ali o parente mais próximo do defunto, e apontaram para Simone. Ele se aproximou perguntou a ela:

— Filha, gostaria que eu dissesse algumas palavras a todos que vieram se despedir aqui do seu ente querido?

Simone deu de ombros, que mal faria, afinal? Podia ao menos reter o povo ali até que a cerimônia começasse. O frade esfregou as mãos com satisfação indecente em situação como aquela, e colocou uma das mãos no caixão. Fez o sinal da cruz e segurou o crucifixo no pescoço.

"Vejo aqui que vocês são jovens. Que seu ente querido era um homem jovem. Que parecem se orgulhar de seu espaço no mundo enquanto jovens. Mas o que eu lhes posso dizer é: sejam jovens no toco! Sem vacilo! Vivam a vida, não envelheçam antes da hora!", discursou o frade. Parecia um maluco de hábito de frade que tivesse invadido o velório, o segurança não confirmou se era realmente frade. Mas até que seu discurso causou um certo efeito. Era levemente lisérgico, tinha rugas entre as sobrancelhas e os olhos. "Pessoas que são muito rigorosas consigo mesmas são inférteis, não semeiam, não produzem. Abracem as suas veias criativas", continuou o frade bicão. O segurança que tinha saído para confirmar algo voltou com outro colega atarracado e se dirigiu com um andar duro, mas elegante, até o frade de boca pequena, e chamou sua atenção, dizendo algo ao seu ouvido. O frade benzeu Copland, benzeu à direita e à esquerda e saiu da sala com um segurança de cada lado.

Tudo voltou à pasmaceira da espera. Alguém desconhecido entrou e sussurrou uma coisa ao ouvido de Simone, e então ela levantou da cadeira, saiu do velório e entrou em uma saleta de cerca de dois metros quadrados ao lado. Sobre uma mesa, um aparelho de som três em um novinho, um armário com fitas e discos de vinil e, sentado numa cadeira giratória, um operador de áudio com o cabelo cortado tigelinha, camisa de voil verde, sapato Vulcabrás preto muito engraxado. O cerimonialista da cremação lhe repassou as condicionantes: não podia ser música agitada, samba, hard rock ou heavy metal. Melhor se fosse uma balada. Caso a família viesse com a fita cassete já gravada e no ponto, seria melhor, mas ele ajudaria a colocar no ponto certo se preciso fosse. Ele explicou como era o rito: pelo microfone, anunciaria o nome do falecido. Em seguida, apertaria o botão que faz o caixão subir para o centro da sala ecumênica, saindo de um alçapão. Sem dizer o nome da canção, poderia tocar até três músicas curtas, mas uma apenas sempre daria conta, porque haveria outras cerimônias em sequência.

O homem ofereceu sugestões, algumas músicas que ele chamou de "neutras": a *Ave Maria* de Schubert; *Pai*, de Fábio Júnior; *Como é grande o meu amor por você*, de Roberto Carlos. Nem perguntou se o morto tinha sido pai ou não, era um cardápio que abrangia carnívoros e vegetarianos em toda sua extensão. Mas ele a surpreendeu mesmo quando disse *Here Comes the Sun*, dos Beatles.

Simone ouviu as sugestões, mas estava com alguma coceira na mente, alguma espécie de ideia que precisava de materialidade urgente. Concentrou-se, pensou mais um pouco. Abriu então a bolsa e retirou as fitas cassete que tinha gravado para ouvirem juntos no motel Farós, encontro este que nunca existiu. Lembrou que Copland consideraria um ato de alta traição a escolha de uma balada, ainda mais uma baba qualquer do dial das rádios.

Mesmo detestando baladas, Copland não ficaria puto com essa, ela pensou, ao bater o olho na lista de gravações. Simone então apontou a faixa de abertura e a entregou ao homem. Era *Opel*, de Syd Barrett, de um disco ainda fresco naquele ano, embora fossem variadas canções de fases diversas da hibernação artística de Barrett.

Em uma praia distante, a quilômetros da terra
Ergue-se o totem de ébano, na areia de ébano
Um sonho em uma névoa cinza
Em uma praia distante
O seixo que permaneceu só
E troncos semi-enterrados
Quentes águas rasas varrendo conchas
Então, o marisco brilha

Os ritos terminam, as missas passam, os sermões viram fumaça, e logo depois da música do Syd Barrett, que causou um efeito tão hipnótico que dava até para ouvir o ruído de uma mosca voando, veio o falso rito de cremação, com o corpo desaparecendo no alçapão — na verdade, o corpo só é encaminhado para o forno algum tempo depois.

Acabou e o povo começou a sumir pelas ruas da Zona Leste, as unanimidades e as discordâncias se dissipando, o espaço sendo preenchido pela dor ou estupefação de outra família — se é que podemos chamar aquele ajuntamento em torno de Copland uma família. Simone, ao subir no trem na Estação Tamanduateí, ficou pensando naquilo que Copland teria visto pela última vez. Teria visto a forma da música? Teria ouvido música? Pensou também em seu destino: cada vez que chegava perto de alguma coisa que julgava esparsamente concreta, essa coisa se dissolvia na sua frente como um antiácido efervescente. Pensou finalmente em São Paulo, essa cidade feita de medo, vampiros, blefadores inveterados, jogadores, desesperados, vítimas fáceis, espertalhões, culpados e inocentes, catacumbas e masmorras voluntárias, fantasmas e miasmas. A dor que experimentava era opaca, disseminada democraticamente por todo seu corpo e mente, como um anúncio de que em breve vai ser preciso tratar o canal do dente. Olhando pela janela do trem, via que só uma coisa permanecia igual na paisagem: os passos das pessoas nas calçadas, largos, apressados, passos felinos, perfeitos, passos desastrados, liquefeitos. Gente correndo atrás de alguma coisa, ou correndo de alguma coisa. Pensou então em si mesma, em sua falta de pressa e seu objetivo móvel e moldável agitando-se à frente como uma gata perseguindo uma luz de lanterna. Sorriu-se e finalmente conseguiu ficar de novo distraída.

Este livro foi composto em Minion Pro
e impresso em papel polen natural 80g/m²,
em outubro de 2024.